W0289002

DUMONT

Jeden Morgen sitzt Juliette in der Metro auf dem Weg zu ihrer eintönigen Arbeit in einem Maklerbüro und taucht ein in die Welten ihrer Romane. Mal begibt sie sich mit Marcel Proust auf die Suche nach der verlorenen Zeit, mal begleitet sie Hercule Poirot im Orientexpress Richtung Istanbul – manchmal beobachtet sie auch einfach die Menschen um sie herum, die in ihre Lektüre vertieft sind. Es sind die Bücher, die Juliettes Leben Farbe verleihen. Als sie eines Tages beschließt, zwei Stationen früher auszusteigen, begegnet sie Soliman, der mit seiner Tochter Zaïde inmitten seiner Bücherstapel lebt. Soliman glaubt, dass jedes Buch, wenn es an die richtige Person übermittelt wird, die Macht hat, ein Leben zu verändern. Auserwählte Boten liefern für ihn diese kostbare Fracht aus, an die, die sie nötig haben. Bald wird Juliette zu einer Botin, und zum ersten Mal haben die Bücher einen wirklichen Einfluss, auch auf ihr Schicksal.

Christine Féret-Fleury arbeitete viele Jahre als Lektorin in einem großen französischen Verlagshaus, bevor sie sich dem Schreiben widmete. Sie hat mehrere Jugendbücher und Erwachsenenromane verfasst, die prämiert und in zahlreiche Sprachen übersetzt wurden.

Sylvia Spatz hat Romanische Sprachen studiert und in Deutschland und Italien als Lektorin gearbeitet. Sie hat u.a. François Garde, Valentina Cebeni, Frederica de Paolis, Magnus Mills und Bret Anthony Johnson ins Deutsche übertragen.

Christine Féret-Fleury

DAS MÄDCHEN, DAS IN DER METRO LAS

Roman

Aus dem Französischen
von Sylvia Spatz

DUMONT

FSC
www.fsc.org
MIX
Papier aus verantwortungsvollen Quellen
FSC® C083411

Zweite Auflage 2019
DuMont Buchverlag, Köln

Die französische Originalausgabe erschien 2017 unter dem Titel ›La fille qui lisait dans le métro‹ bei Éditions Denoël, Paris.

Übersetzung: Sylvia Spatz
Umschlaggestaltung: Lübbeke Naumann Thoben, Köln
Coverillustration: Rüdiger Trebels
Satz: Fagott, Ffm
Gesetzt aus der Bembo
Druck und Verarbeitung: CPI books GmbH, Leck
Gedruckt auf säurefreiem und chlorfrei gebleichtem Papier
Printed in Germany
ISBN 978-3-8321-6500-0

www.dumont-buchverlag.de

»Ich, der ich mir so oft das Paradies
in Form einer Bibliothek vorstellte.«

Jorge Luis Borges, Gedicht von den Gaben

= 1 =

Der Mann mit dem grünen Hut stieg immer in Bercy zu, immer an der vorderen Tür des Metrowagens, und genau siebzehn Minuten später stieg er durch dieselbe Tür in La Motte-Picquet-Grenelle wieder aus – und zwar an Tagen, an denen alles einer festen Ordnung folgte: Die Metro hielt und fuhr wieder an, dazu Signalgeräusche, metallisches Klappern. Es waren Tage, an denen nicht mehr Andrang herrschte als gewöhnlich, Tage ohne Pannen und Warnmeldungen, Tage, an denen nicht gestreikt wurde oder die Metro wegen anderer Züge außerplanmäßig anhalten musste. Gewöhnliche Tage. An solchen Tagen hat man den Eindruck, Teil einer gut geölten Maschine zu sein, eines großen mechanischen Apparats, in dem jeder seinen Platz findet und sich einfügt.

An solchen Tagen fragte sich Juliette, die sich hinter ihrer Sonnenbrille in Schmetterlingsform und einem riesigen Schal versteckte – ihre Oma Adrienne hatte ihn 1975 für die Tochter gestrickt, er war genau zwei Meter fünfzig lang und blassblau, es war das Blau der fernen Berggipfel um sieben Uhr an einem Sommerabend, wenn man zum Beispiel über das Städtchen Prades hinweg auf den Canigou sah –, ob sie auf dieser Welt wirklich so viel wichtiger war als die Spinne, die sie am Morgen in der Dusche ertränkt hatte.

Eigentlich widerstrebte es ihr – den Wasserstrahl auf den kleinen schwarzen behaarten Körper zu richten und aus dem Augenwinkel mitanzusehen, wie sich die dünnen Beinchen verzweifelt regten, um dann mit einem Mal einzuklappen, zu beobachten, wie das Insekt in dem Strudel kreiste, so leicht und unbedeutend wie ein Wollfaden, den sie von ihrem Lieblingspullover abgerissen hatte, bis es vom Wasser mitgerissen wurde, das sie daraufhin sofort energisch abstellte.

Es war Serienmord. Tag für Tag krochen die Spinnen nach einer Expedition ungewissen Ursprungs aus der Kanalisation nach oben. Waren es immer die gleichen, die, nachdem sie in die dunkle Tiefe befördert worden waren – in die nur schwer vorstellbaren Eingeweide der Stadt, ein stinkendes Auffangbecken, in dem es von Leben nur so wimmelte –, dort ihre Beine ausfuhren und sich mit neuer Energie wieder auf den Weg nach oben machten, wo ihre Expedition fast immer aufs Neue scheiterte? Juliette, eigentlich eine Mörderin voller Schuld und Ekel, sah sich selbst als Gottheit, die zwar unbarmherzig war, aber auch zerstreut und die meiste Zeit zu sehr mit anderem beschäftigt, um sich voll und ganz ihrer Mission zu widmen, und die deshalb nur hin und wieder über das Zugangsloch zur Hölle wachte.

Was erhofften sich die Spinnen, sobald sie sozusagen auf dem Trockenen saßen? Was für eine Reise hatten sie antreten wollen und mit welchem Ziel?

Der Mann mit dem grünen Hut hätte darauf vielleicht eine Antwort gewusst, wäre Juliette mutig genug gewesen, ihn zu fragen. Allmorgendlich öffnete er seine Aktentasche und entnahm ihr ein Buch mit einem feinen, fast durchsichtigen Papierumschlag, der ebenfalls grünlich war und den er an den Ecken mit bedächtigen und exakten Handbewegungen zurückschlug. Dann ließ er einen Finger zwischen zwei Seiten gleiten, in denen sich bereits ein Streifen aus ebendiesem Papier befand, und begann zu lesen.

Der Buchtitel lautete: *Fibel der für den Menschen, die Tierwelt und Künste nützlichen Insekten. Mit einem ergänzenden Anhang zur Vernichtung von schädlichen Insekten.*

Zärtlich fuhr er über den Einband aus marmoriertem Leder, den Rücken mit feiner Goldprägung und den Buchtitel in gestanzten Lettern auf rotem Untergrund.

Er öffnete den Band, hielt ihn vors Gesicht und atmete mit halb geschlossenen Augen seinen Duft ein.

Darauf las er zwei oder drei Seiten, nicht mehr, wie ein Gourmet, der mit einem winzigen Silberlöffel von einem Windbeutel kostet. Ein zufriedenes und rätselhaftes Lächeln trat auf sein Gesicht, es erinnerte Juliette, die ihn fasziniert beobachtete, an die grinsende Katze aus *Alice im Wunderland*. Die aus dem Zeichentrickfilm.

Im Haltebahnhof Cambronne verschwand das Lächeln und machte Enttäuschung und Bedauern Platz, er klappte den Papierumschlag wieder ein und schob das Buch in seine Aktentasche zurück, die er laut zuschnappen ließ. Dann stand er auf. Er hatte Juliette nicht einmal angesehen, obwohl sie ihn mit ihrem Blick verschlang, während sie ihm gegenübersaß oder -stand und eine der Haltestangen umklammerte, die täglich von vielen Händen, manche in Handschuhen, manche ohne, blankpoliert wurden.

Ohne seinen Hut, ohne sein Lächeln, ohne seine Aktentasche, in welcher er seinen Schatz aufbewahrte, hätte Juliette ihn vermutlich nicht wiedererkannt. Er war ein Mann wie viele andere, weder gutaussehend noch hässlich, weder sympathisch noch unsympathisch. Dicklich, von ungewissem Alter, oder vielmehr bereits in einem gewissen Alter, um bei Klischees zu bleiben.

Ein Mann.

Oder besser: ein Leser.

Die Biene, die Seidenraupe, die Cochenille-Schildlaus, die Schildlaus, der Flusskrebs, die Landassel, der Weichkäfer, der Blutegel ...

»Was hast du gesagt?«

Juliette, die vor sich hinsummte, fuhr zusammen.

»Oh, nichts. Eine Art Abzählreim ... Ich versuche, mir bestimmte Begriffe zu merken ...«

»Ich habe für die Wohnung am Boulevard Voltaire den Energieausweis bekommen«, sagte Chloé, die nicht zugehört hatte. »Hast du nicht die Akte?«

Juliette schaute erst nach einer Weile auf. Sie war in ihren Gedanken immer noch bei dem Mann mit dem grünen Buch, Insekten, Spinnen – erst heute Morgen hatte sie zwei ertränkt.

»Gib her, ich leg sie ab«, sagte sie.

Sie schwenkte mit ihrem Drehstuhl herum, zog einen Pappordner aus dem Regal, das eine ganze Wand des Büros einnahm, und ließ die Blätter hineingleiten. Die Pappe war von einem scheußlichen Gelb, fiel ihr auf. Trister ging es nicht. Die gesamte Wand, unregelmäßig und mit Etiketten gespickt, die sich an den Ecken ablösten, schien kurz davor, wie eine Schlammlawine über sie hinwegzurollen. Juliette schloss die Augen und stellte sich die Blubbergeräusche und die an der Oberfläche zerplatzenden Blasen aus Gas vor – allein der Gestank, sie musste sich die Nase zuhalten, um die aufsteigende Übelkeit zu bezwingen.

»Was hast du?«, fragte Chloé.

Juliette zuckte mit den Schultern.

»Bist du etwa schwanger?«, bohrte die Kollegin nach.

»Kein Stück. Aber ich frage mich, wie du es geschafft hast, vor diesem Dings da zu arbeiten ... Diese Farbe ist einfach ekelhaft.«

Chloé starrte sie mit großen Augen an.

»Ekelhaft?«, wiederholte sie, jede Silbe einzeln betonend. »Du spinnst ja. Ich habe schon viel komisches Zeug gehört, aber so was noch nie. Das sind einfach nur Ordner. Die sind hässlich, da gebe ich dir recht, aber ... Bist du sicher, dass bei dir alles in Ordnung ist?«

Juliette trommelte in abgehacktem Rhythmus mit den Fingern auf ihrem Schreibtisch: *Die Biene, die Seidenraupe, die Cochenille-Schildlaus, die Schildlaus, der Flusskrebs, die Landassel, der Weichkäfer, der Blutegel ...*

»Ausgezeichnet«, antwortete sie. »Was liest du eigentlich so, wenn du Metro fährst?«

= 2 =

Es gab da die alte Dame, die Mathematikstudentin, den Amateur-Ornithologen, den Gärtner und die Verliebte – jedenfalls ging Juliette davon aus, dass sie verliebt war, denn ihr Atem ging ein wenig hastig, und sobald sie Dreiviertel ihres Romans gelesen hatte, perlten winzige Tränen an ihren Wimpern. Es waren immer Wälzer, abgegriffen und mit Eselsohren, weil sie so oft gelesen worden waren. Auf dem Umschlag war manchmal vor rotem Hintergrund ein eng umschlungenes Liebespärchen zu sehen, die vielsagende Spitze eines Mieders, ein nackter Männeroberkörper, ein Frauenhintern, zerwühlte Laken oder zwei Manschettenknöpfe, der nüchterne Schriftzug eines Titels und darunter, wie um ihn zu unterstreichen, eine lederumwickelte Reitgerte … und diese Tränen, die stets auf Seite 247, das hatte Juliette mit einem vorsichtigen Seitenblick auf ihre Sitznachbarin herausgefunden, in den Wimpern der jungen Frau hingen und dann langsam Richtung Kinn rannen, während sich die Lider kurz schlossen und dem runden, in einem artigen Top sehnsüchtig ruhenden Busen ein Seufzer entschlüpfte.

Warum ausgerechnet auf Seite 247?, fragte sich Juliette, während sie mit den Blicken einem aufgespannten Regenschirm folgte, der auf dem Bahnsteig der Hochbahnstation Dupleix entlangspazierte und eine Familie vor dem schräg einfallenden Regen schützte; sie sah nur Beine, kleine Beine in braunem Cord, große Beine in Jeans, zarte Beine in Nylonstrümpfen. Was geschah an dieser Stelle, welche Gefühle machten sich dort

Luft, welcher Herzschmerz, welche Pein schnürten ihre Kehle zu, welche Lust, welche unsägliche Einsamkeit durchfuhren ihren Körper?

Gedankenverloren trommelte sie mit den Fingerspitzen auf den Umschlag ihres eigenen Buchs, sie schlug es nicht sonderlich oft auf, so sehr nahmen ihre Beobachtungen sie gefangen. Es war ein Taschenbuch, außen zierten es Kaffeeflecken, der Buchrücken war rissig, und es wanderte von einer Handtasche in die nächste, von der großen Schultertasche, die sie immer dienstags benutzte – dann erledigte Juliette ihre Einkäufe, sobald sie die Agentur verließ –, in die kleine Handtasche freitagabends, wenn sie ins Kino ging. Die Ansichtskarte zwischen Seite 32 und Seite 33 war seit mehr als einer Woche nicht mehr weitergewandert. Die darauf abgebildete Landschaft, ein Bergdorf, das in der Ferne über einem Mosaik aus Feldern in verschiedenen Brauntönen aufragte, war in ihren Gedanken mittlerweile untrennbar mit der alten Dame verbunden, die stets im gleichen Kochbuch blätterte und mitunter lächelte, als riefe ihr ein bestimmtes Rezept einen Jugendstreich in Erinnerung. Manchmal schloss sie das Buch, legte ihre Hand darauf, an deren Fingern kein Ring steckte, und betrachtete die heraufziehenden Lastkähne auf der Seine oder die regenglänzenden Dächer. Der Klappentext war in Italienisch, darunter mittig ein Foto von zwei prächtigen Paprikaschoten, einer Fenchelknolle und einem runden Mozzarella, in dem ein Messer mit einem Horngriff gerade einen sauberen Schnitt hinterlassen hatte.

Die Biene, die Seidenraupe, die Cochenille-Schildlaus, die Schildlaus, der Flusskrebs, die Landassel, der Weichkäfer, der Blutegel … carciofi, arance, pomodori, fagiolini, zucchine … crostata, lombatina de cervo, gamberi al gratin … Wortschmetterlinge, die in dem überfüllten Metro-Waggon flatterten, bevor sie sich auf Juliettes Fingerspitzen niederließen. Sie fand das Bild albern, aber es war das einzige, das ihr in den Sinn kam. Und warum eigentlich Schmetterlinge? Warum nicht Glühwürmchen, die ein paar Sekunden lang leuchteten und dann erloschen? Es gab keine Glühwürmchen mehr, nirgendwo, befürchtete sie. Nur noch Erinnerungen daran. Die von ihrer Großmutter, die auch ihren Schal gestrickt hatte. Sie hatte der alten Dame mit dem Kochbuch ähnlich gesehen, das gleiche blasse, friedfertige Gesicht, die gleichen kräftigen Hände mit den kurzen Fingern, die ein einziger Ring schmückte, der breite Ehering, der sich Jahr für Jahr in die Haut grub, bis er für immer einen Abdruck hinterlassen hatte. Die faltige altersfleckige Haut schob sich über den Ring, der Körper vereinnahmte das Symbol, verformte sich im Kontakt mit ihm. »Die Glühwürmchen«, sagte sie, »die Glühwürmchen sind vom Himmel gefallene Sterne. Ich war damals noch so klein, dass ich nicht aufbleiben durfte, und die Sommernächte waren doch so lang! Immer drang das Tageslicht noch für mindestens zwei Stunden durch die Schlitze der Fensterläden. Es glitt sanft über den Teppich und kletterte an den Stäben meines Bettchens herauf. Und dann leuchtete mit einem Mal die kupferne Kugel, die ganz weit da oben festgeschraubt war. Ich wusste, bald würde ich das Schönste verpassen – den Augenblick, wenn die Sonne ins Meer tauchte, wenn sie eine Farbe hatte wie Wein, wie Blut. Also habe ich mir mein Nachthemd umgebunden, verstehst du? Um die Taille, mit einem festen Knoten. Und bin draußen am Weinspalier runtergeklettert, wie ein Äffchen. Und dann bin ich bis zum Ende des Felds gerannt, von wo aus man das Meer sehen konnte. Und wenn es dann richtig dunkel war, balancierte ich auf der Absperrung, die immer offenstand, hinter der Seidenraupenzucht … Und da habe ich sie gesehen. Mit einem Mal sind sie gekommen oder aus der Erde aufgestiegen. Das habe ich nie herausgefunden. Ganz still und leise schwebten sie in der Luft, saßen auf den Grashalmen ... Ich habe mich nicht gerührt und kaum zu atmen gewagt. Ich befand mich inmitten von Sternen.«

Die Metro fuhr langsamer. Sèvres-Lecourbe. Noch drei weitere Haltestellen oder auch vier, das hing vom Wochentag und Juliettes Laune ab. Metallgeklapper, Signalton. Unvermittelt sprang sie auf und durch die Waggontür, genau in dem Augenblick, in dem diese sich schloss. Ein Zipfel ihres Mantels klemmte zwischen den Türflügeln, sie zog kurz entschlossen daran und verharrte dann ein wenig außer Atem auf dem Bahnsteig, während die Metro sich entfernte. In dem morgendlichen Grau schlichen ein paar in schwere Mäntel gehüllte Gestalten zum Ausgang. Es war ein Februarmorgen, und wer flanierte schon zum bloßen Vergnügen die Straßen entlang oder ging neugierig auf Entdeckungsreise, um irgendwo eine neu eröffnete Boutique oder Töpferei zu erspähen? Kein Mensch. Die Leute begaben sich aus ihren gut beheizten Wohnungen in die ebenso gut beheizten Büros, tranken einen Kaffee, besprachen gähnend die vor ihnen liegenden Aufgaben, tauschten Klatsch und die Nachrichten des Tages aus – immer alle deprimierend. Zwischen der Metrostation, an der Juliette täglich ausstieg, und der Tür der Agentur war lediglich eine Straße zu überqueren. Ein paar Stufen hinunter, ein Stück auf dem Bürgersteig entlang, dann nach links, an den Schaufenstern einer Reinigung, eines Tabakladens und eines Kebab-Imbisses vorbei. Im Fenster des Tabakladens stand immer noch der Weihnachtsbaum aus Plastik, mit Girlanden und glitzernden Papierschleifen geschmückt, und hatte mittlerweile Staub gefangen. Die rote Mütze mit dem weißen Bommel, die anstelle eines Sterns daraufsaß, hing herunter, als wäre sie zum Trocknen dort aufgehängt worden.

Juliette wollte etwas anderes sehen. Sie inspizierte die Umgebungskarte am Ausgang der Metrostation. Wenn sie die erste Straße rechts nahm und zwei Straßen weiter noch einmal nach rechts abbog, würde sie nicht mehr als zehn Minuten für den Weg brauchen. Ein kleiner Fußmarsch würde sie aufwärmen. Sie würde sich nicht einmal verspäten, oder nur ganz leicht. Chloé kam ohnehin stets als Erste und schloss die Agentur auf – dieses Mädchen war fast krankhaft pünktlich –, und Monsieur Bernard, der Inhaber, erschien immer erst um halb zehn.

Juliette eilte die Straße hinunter, dann zwang sie sich zu einer langsameren Gangart. Sie musste sich abgewöhnen, immer nur stur geradeaus zu marschieren, die Augen aufs Ziel gerichtet. Was wartete denn dort Spannendes auf sie? Nichts. Akten, die auszufüllen und abzulegen waren, eine endlose Liste von langweiligen administrativen Aufgaben, vielleicht ein oder zwei Wohnungsbesichtigungen. An guten Tagen. Wenn sie daran dachte, dass sie diesen Beruf nur deshalb gewählt hatte!

Wegen des Kontakts zu Menschen, genau so hatte es in der Stellenanzeige gestanden, auf die sie geantwortet hatte. Ganz genau, Kontakt zu Menschen, das hieß, auf andere zuzugehen und ihnen ihre Träume und Wünsche von den Augen abzulesen, vielleicht noch bevor sie diese selbst kannten, ein Nest für sie zu finden, wo jene Träume sich entfalten konnten, wo Ängstliche wieder Vertrauen fassen, Deprimierte das Leben wieder in die Arme schließen würden, wo Kinder im Schutz vor den lebensbedrohlichen und entwurzelnden Stürmen des Lebens aufwachsen, wo Alte und Erschöpfte angstfrei auf den Tod warten konnten.

Sie erinnerte sich noch gut an ihre erste Wohnungsbesichtigung, mit einem Paar um die dreißig, die beiden hatten es eilig; sie hatte sie vorher noch auf einen Kaffee eingeladen; ich würde Sie gerne etwas näher kennenlernen, um Ihre Vorstellungen richtig einschätzen zu können, hatte sie mit einer Selbstsicherheit angekündigt, die sie in jenem Augenblick ganz und gar nicht empfand. *Vorstellungen richtig einschätzen*, sie fand die Formulierung gelungen: Sie war ihr in der Broschüre aufgefallen, die jedem Agenturangestellten von der Direktion ausgehändigt worden war, aber der Mann hatte sie nur schräg angeschaut, die Brauen hochgezogen und mit unmissverständlicher Geste auf das Zifferblatt seiner Armbanduhr getippt. Unterdessen war die Frau in die Nachrichten auf ihrem Smartphone vertieft, sie hatte nicht einmal den Blick gehoben, selbst auf der Treppe nach oben nicht, während Juliette, wie nach einer kalten Dusche, die Wohnungsbeschreibung, die sie am Vorabend noch auswendig gelernt hatte, herunterspulte: Werkstein und traditioneller Charme im Haussmann-Stil, bitte beachten Sie die Fliesen im Eingangsbereich, komplett restauriert, aber die Originalarbeiten wurden so weit wie möglich belassen, ruhiger geht es kaum, Ihnen steht ein Aufzug bis in den vierten Stock zur Verfügung, und sehen Sie nur diesen Treppenläufer aus dickem Flor. Ihre Stimme drang wie aus weiter Ferne an ihr Ohr, lächerlich schrill, eine Mädchenstimme, die versuchte damenhaft erwachsen zu klingen, sie tat sich selbst leid, fühlte sich absurderweise den Tränen nahe, und ihre Kehle war wie zugeschnürt. Das Paar hatte im Sturmschritt die Wohnung besichtigt, drei Zimmer nach hinten zum Hof, und sie war ihnen atemlos gefolgt. Die Worte kamen ihr hastig über die Lippen, sie purzelten nur so aus ihr heraus, eine schöne Zimmerhöhe, ein stilvoller Kaminsims, viel Platz zum Abstellen und Aufräumen, Fischgrätparkett, zusätzlicher Raum für ein Gästezimmer oder Büro, mit Hilfe einer Zwischendecke … Sie hörten ihr nicht zu, sie schauten sie nicht an, sie stellten keine Fragen. Juliette schlug sich tapfer, stellte ihnen Fragen wie: Spielen Sie Klavier? Haben Sie Kinder oder …? Sie erhielt keine Antwort, stolperte über einen Lichtstrahl, der über einen staubdeckten

Parkettriegel fiel, sprach so verhalten, dass es fast unmöglich erschien, dass irgendjemand sie hörte: ein luftiges Appartement über die gesamte Hauslänge, außerdem sehr hell, die Sonne scheint bereits morgens um neun in die Küche … Und schon waren die beiden fort, sie eilte ihnen nach. Auf der Straße hatte sie dem Mann ihre Visitenkarte entgegengestreckt, und er steckte sie ein, ohne auch nur einen Blick darauf zu werfen.

Ihr war bereits klar, dass sie das Paar nicht wiedersehen würde.

Ein Möwenschrei versetzte Juliette in die Realität zurück. Sie blieb stehen und sah nach oben. Der Vogel hatte seine Flügel aufgespannt und kreiste über ihrem Kopf. Eine Wolke schwebte unter ihm vorbei und verhüllte Körper und Schnabel, es blieben nur seine Flügelspitzen und der zwischen hohen Mauern widerhallende Schrei. Plötzlich war er verstummt. Ein Windstoß fuhr der jungen Frau ins Gesicht, und sie schwankte leicht. Sie sah sich ernüchtert um. Die Straße war leer und trostlos, zu beiden Seiten standen Häuser mit feuchten Schlieren an den Mauern, von denen der Putz abbröckelte. Was suchte sie hier? Sie fröstelte, vergrub die Nase in ihrem dicken Schal und ging weiter.

»Zaïde.«

Jemand rief von ziemlich weit oben zur Straße herunter, schien es, aber das kleine Mädchen, das auf sie zugerannt kam, tat so, als hätte es nichts gehört. Lebhaft und geschmeidig tauchte es zwischen Juliettes Beinen und einer umgestürzten Tonne hindurch, aus der für Recycling bestimmte Plastikflaschen herausgefallen waren, fing sich und hüpfte weiter die glatte Fahrbahn entlang. Juliette wandte sich um und sah, wie das Mädchen sich entfernte, wirbelndes Röckchen, kleiner grasgrüner Pullover und zwei tanzende Zöpfe … und ihr Blick fiel auf ein hohes, verrostetes Metalltor, das von einem Buch – einem *Buch*! – offengehalten wurde.

An der Tür ein Emailschild wie aus einem Dokumentarfilm über die Kriegsjahre, dachte sie bei sich, und darauf in großen blauen Lettern: *Bücher ohne Grenzen*.

3

Juliette ging noch drei Schritte weiter, streckte eine Hand aus und berührte die von der Feuchtigkeit gewellten Buchseiten. Sie benetzte mit der Zungenspitze ihre Oberlippe. Ein Buch zwischen den Flügeln eines Metalltors eingeklemmt zu sehen, war fast noch schlimmer, als eine Spinne zu ertränken. Mit sanfter Gewalt drückte sie mit einer Schulter gegen einen der beiden Flügel, und das Buch rutschte ein wenig nach unten. Sie fing es auf, und immer noch ans Tor gelehnt, öffnete sie es und hielt es sich vors Gesicht.

Sie hatte schon immer gern an Büchern gerochen und sie beschnuppert, besonders an den aus zweiter Hand erworbenen – auch neue Bücher rochen nicht alle gleich, es hing davon ab, welche Art von Papier und Klebstoff man verwendet hatte, aber sie erzählten noch nichts über Hände, die sie gehalten, über Häuser, die sie beherbergt hatten. Sie hatten noch keine Geschichte, und zwar nicht die Geschichte, die in ihnen geschrieben stand, sondern eine zweite Geschichte, die wie ein Schatten und unbekannt war.

Einige rochen ein wenig muffig, in anderen verbargen sich zwischen den Seiten leichte Duftspuren von Curry, von Tee oder getrockneten Blütenblättern; beim Umschlagen tauchten mitunter Butterflecken auf, oder ein langer Grashalm, der an einem heißen Sommertag als Lesezeichen gedient hatte, zerfiel zu Staub; Unterstreichungen oder Anmerkungen fügten sich nach und nach zu einer Art Tagebuch, zu einer biografischen

Skizze zusammen, die mitunter Entrüstung oder gar eine Trennung bezeugte.

Dieses hier trug den Geruch der Straße – eine Mischung aus Rost, Abgasen, Möwendreck, verbrannten Reifen. Aber seltsamerweise roch es auch nach Minze. Aus dem Falz fielen Blätter heraus und zu Boden, und der Duft wurde intensiver.

»Zaïde!«

Wieder rief jemand, dann das Geräusch herangaloppierender Schritte, und Juliette spürte, wie sie von einem kleinen Körper gerammt wurde.

»Verzeihung, Madame.«

Die Stimme war für ein Mädchen überraschend tief und klang verwundert. Juliette schaute nach unten und blickte in ein Augenpaar, so braun und dunkel, als hätte sich die Pupille auf Irisgröße geweitet.

»Ich wohne hier, kann ich vorbei?«

Juliette murmelte: »Aber sicher.«

Sie trat ungeschickt einen Schritt zur Seite, und der schwere Torflügel fiel langsam zu, die Kleine drückte mit beiden Händen dagegen.

»Deswegen steckt Papa immer ein Buch dazwischen«, erklärte das Mädchen geduldig. »Die Klinke ist für mich zu schwer.«

»Und warum ausgerechnet ein Buch?«

Die Frage war ihr als Vorwurf herausgerutscht. Juliette merkte, wie sie errötete, das war ihr schon lange nicht mehr passiert – und sicher nicht vor einer Zehnjährigen, die nicht einmal ein Tor auf- und zubekam.

Zaïde! – eigentlich ein hübscher Name – zuckte mit den Schultern.

»Ach, die Bücher! Er sagt immer, das sind Kuckucke, lustig nicht? Wie die Vögel. Die haben drei oder vier Mal hintereinander immer die gleichen Seiten, die sind einfach nicht gut gemacht, verstehen Sie? Die kann man nicht lesen, wenigstens nicht richtig. Zeigen Sie mal her.«

Das Mädchen reckte seinen Hals vor, schloss die Augen und schnupperte.

»Ich hab versucht, es zu lesen. Die Geschichte ist blöd, ein Mädchen begegnet einem Jungen, erst mag sie ihn nicht, dann verliebt sie sich in ihn, aber dann mag er sie nicht, und … ich hab mich derart gelangweilt, dass ich ein paar Pfefferminzblätter reingelegt habe, damit das Buch wenigstens gut riecht.«

»Das war eine gute Idee«, sagte Juliette sanft.

»Wollen Sie reinkommen? Sind Sie eine von den Kurieren? Ich habe Sie noch nie gesehen.«

Kuriere? Die junge Frau schüttelte den Kopf. Auch bei diesem Wort musste sie an alte Filme denken: Menschenschatten, die gebückt durch Tunnel hasten oder unter Stacheldraht hindurchkriechen, junge Frauen auf Fahrrädern, in ihren Satteltaschen transportieren sie Flugblätter der Resistance und lächeln mit geheuchelter Offenheit einen deutschen Soldaten an, der eine Mütze aus dem Kopf trägt, die aussieht wie eine graugrüne Salatschüssel. Bilder aus Kino oder Fernsehen, die man unzählige Male gesehen hatte und die deswegen so vertraut und harmlos glatt waren, dass man mitunter vergaß, welcher Schrecken sich dahinter verbarg.

»Wollen Sie vielleicht einer werden?«, fuhr Zaïde fort. »Das ist ganz einfach. Kommen Sie, gehen wir zu meinem Vater.«

Wieder deutete Juliette eine ablehnende Geste an. Dann fiel ihr Blick von dem Mädchen auf das Schild mit der geheimnisvollen Aufschrift – aber auch nichtssagend, Büchern waren weder nationale noch anderweitig Grenzen gesetzt, nur manchmal sprachliche, aber das war wirklich nichts Neues – warum also …?

Sie merkte, wie ihre Gedanken einfach weiterwanderten, zugleich war ihr bewusst, wie die Zeit verging und dass sie sich eigentlich auf den Weg machen und diese Straße hinter sich lassen sollte, um sich so schnell wie möglich zu ihrem neonbeleuchteten Büro hinten in der Agentur zu begeben, zu dem staubigen Geruch der Akten, säuberlich getrennt nach Sachgütern und Kunden, zu Chloés endlosem Geschwätz und dem Husten von Monsieur Bernard, je nach Saison trocken oder schleimig, zu dem vierten Besuch von diesen Rentnern, die sich einfach nicht zwischen dem Einfamilienhaus in Milly-la-Forêt und der Zweizimmerwohnung an der Porte d'Italie entscheiden konnten.

»Kommen Sie«, wiederholte Zaïde entschieden.

Sie nahm Juliette bei der Hand und zog sie in den Innenhof, dann schob sie das Buch sorgfältig wieder in den Spalt zwischen den Torflügeln zurück.

»Da ganz hinten ist sein Büro, da, wo die Glastür ist. Sie müssen nur anklopfen. Ich gehe nach oben.«

»Musst du denn nicht zur Schule?«, entfuhr es Juliette.

»In meiner Klasse gibt es einen Fall von Masern«, erklärte das Mädchen wichtig. »Und da hat man uns alle nach Hause geschickt, ich habe sogar ein Schreiben für meinen Vater. Glauben Sie mir etwa nicht?«

Das kleine runde Gesicht hatte einen beunruhigten Ausdruck angenommen. Zwischen den Lippen erschien die Zungenspitze, so rosa und glatt wie eine Marzipanblüte.

»Aber natürlich.«

»Na, dann ist ja alles gut. Ihr glaubt einem ja normalerweise nicht«, erklärte Zaïde abschließend mit einem Schulterzucken.

Plötzlich machte sie auf dem Absatz kehrt, und wieder hüpften ihr die Zöpfe auf den Schultern. Sie hatte dichtes braunes Haar, wo hartes Tageslicht darauf fiel, schimmerte es honigfarben, die beiden Zöpfe so dick wie ihr schmales Handgelenk.

Während sie die Stufen einer Metalltreppe hinaufrannte, die zu einer langen, sich über die Gebäudelänge erstreckende Außengalerie führte – wahrscheinlich war das hier eine ehemalige Fabrik –, ging Juliette zögerlich auf die Glastür zu. Sie wusste nicht ganz, warum sie dem Mädchen gefolgt war und jetzt seinen Anweisungen gehorchte – denn wenn sie es recht überlegte, war das eben eine Anweisung gewesen. Oder eher ein Rat? Wie auch immer, es war völlig unsinnig, Folge zu leisten: Sie war bereits viel zu spät dran, um das zu wissen, musste sie nicht einmal auf ihre Uhr sehen. Seit Kurzem hing aber ein unangenehmer Nieselregen in der Luft, und ihr war danach, wenigstens vorübergehend, im Warmen Zuflucht zu suchen … Und eigentlich hatte sie heute Morgen nichts Dringendes zu erledigen … Notfalls würde sie erzählen, dass ihre Waschmaschine gestreikt habe, die hatte schon seit Monaten ihre Macken. Sie hatte sich darüber sogar ausführlich mit Monsieur Bernard unterhalten, und er hatte es sich nicht nehmen lassen, sie über die verschiedenen Modelle aufzuklären, er selbst bevorzuge deutsche Hersteller, die seien viel verlässlicher, hatte er behauptet; er hatte ihr sogar angeboten, sie an einem Samstag zu einem Laden zu begleiten, dort kenne er den Geschäftsführer, ein entfernter Cousin und ehrlicher Mann, der sie bestimmt gut beraten werde.

Das Glas in der Tür schimmerte und spiegelte ein Stück des Himmels – doch am anderen Ende des Raums brannte das Licht einer Lampe.

Juliette hob die Hand und klopfte.

= 4 =

»Es ist offen.«

Eine Männerstimme. Sie klang belegt, vielleicht sogar ein bisschen heiser, und die Worte hatten einen leichten, undefinierbaren Akzent. Am hinteren Ende des Raumes erhob sich eine lange Gestalt. Juliette stieß die Tür auf und sah einen Stapel aus Kisten, von denen die obersten ein bisschen kreuz und quer lagen, ins Wanken geraten. »Vorsicht!«, konnte sie gerade noch rufen, aber es war bereits zu spät: Die Kartons purzelten übereinander, und eine Staubwolke stieg auf. Die junge Frau musste husten und bedeckte Mund und Nase mit einer Hand. Sie hörte einen kurzen Fluch, den sie nicht verstand, und bemerkte, oder vielmehr ahnte sie eine Bewegung – der Mann kniete jetzt, er hatte dunkelbraunes Haar, war schwarz gekleidet und ziemlich mager. Währenddessen fuhr sie sich mit der anderen Hand über die tränenden Augen.

»Das darf nicht wahr sein! Ich hatte sie alle sortiert … Helfen Sie mir?«

Dieses Mal gab es keinen Zweifel, das klang nach einem Befehl. Juliette brachte kein Wort heraus, nickte und bewegte sich auf gut Glück Richtung Lampe zu, die Männerstimme war von dort gekommen, und offenbar war außer ihm niemand anderes hier; er fuchtelte mit den Armen, seine knochigen Handgelenke ragten aus den viel zu kurzen Ärmeln, und jetzt, wo der Staub sich etwas gelegt hatte, konnte sie auch sein Profil erkennen; es war klar, fast scharf, mit einem Nasenrücken, der an griechische Statuen oder die Krieger auf den Fresken von Knossos erinnerte – den Sommer zuvor hatte sie zwei Wochen auf Kreta verbracht, und seitdem erschienen sie ihr oft in ihren Träumen, mit erhobenem Speer und zum Angriff stürmend, die Mandelaugen von der Vision unsterblichen Heldentums erfüllt.

»Selbstverständlich«, sagte sie schließlich leise und war nicht sicher, ob er sie überhaupt gehört hatte.

Er wühlte in den heruntergefallenen Büchern mit zunehmend überflüssigen Bewegungen, wie ein ungeübter Schwimmer. Der Bücherhaufen reichte ihm bis an die Unterschenkel, die Bände waren über- und untereinander gerutscht, bei einzelnen waren die Seiten wie Fächer geöffnet, oder sie lagen aufgeschlagen da, und sie glaubte, mit einem Mal den Flügelschlag einer Meise zu vernehmen, die gerade von einem Busch auffliegt.

Als sie genau vor ihm stand, hob er den Blick und gestand ihr seine Ratlosigkeit mit geradezu kindlicher Einfachheit: »Ich weiß nicht mehr, wonach ich sie sortiert hatte. Vielleicht nach Themen oder nach Ländern. Oder nach Genre.«

Und gleichsam als Entschuldigung schob er nach:

»Ich bin sehr zerstreut. Meine Tochter wirft mir das auch immer wieder vor. Ihrer Meinung nach hat ein Vogel vor langer Zeit meinen Kopf mitgenommen.«

»Die kleine Zaïde?«, erkundigte sich Juliette, die sich bereits hingekauert hatte und mit den Händen Buchseiten streifte. »Ist das Ihre Tochter?«

Vor ihren Augen lag eine fast komplette Ausgabe von Zolas Romanen: *Das Glück der Familie Rougon*, *Die Beute*, *Die Sünde des Abbé Mouret*, *Ein Blatt Liebe*, *Ein feines Haus*, *Nana*, *Das Werk* … Sie sammelte sie auf und stapelte sie säuberlich neben dem Bücherchaos auf dem Boden.

»Sind Sie ihr begegnet?«

»Ja, sie hat mir angeboten hereinzukommen.«

»Ich sollte sie zu mehr Vorsicht ermahnen.«

»Sehe ich so gefährlich aus?«

Unter den Zola-Romanen starrte sie ein Mann mit dünnem Schnurrbart ungeniert an. Sie entzifferte den Buchtitel:

Bel-Ami.

»Maupassant«, sagte sie. »Und da lieg ein Daudet. Alles Erzähler des Naturalismus. Vielleicht hatten Sie sie doch nach Genres geordnet.«

Er hörte ihr nicht zu.

»Nein, Sie sehen nicht gefährlich aus«, gestand er nach kurzer Überlegung. »Sind Sie Buchhändlerin? Oder Lehrerin? Oder vielleicht Bibliothekarin?«

»Ganz und gar nicht. Ich ... ich arbeite für eine Immobilienagentur. Aber mein Großvater war Buchhändler. Ich habe seinen Laden als Kind geliebt. Ich mochte es, ihm zu helfen, mir gefiel der Geruch von Büchern ...«

Dieser Geruch von Büchern ... sie hatte ihn bereits in der Nase, bevor sie das Antiquariat betreten hatte, es reichte der Blick auf die schmale Auslage, wo der Großvater immer nur ein einziges Buch präsentierte, üblicherweise einen Kunstband, der aufgeschlagen auf einem kleinen Lesepult lag und von dem er jeden Tag eine Seite weiterblätterte. Manche Leute blieben tatsächlich stehen, erinnerte sie sich, um das Kunstwerk des Tages zu betrachten, einen kleinen Ruisdael, ein Porträt von Greuze, Schiffe von Nicolas Ozanne.

Für das kleine Mädchen und später für den Teenager war es der Palast aus Tausendundeiner Nacht gewesen, dort verbrachte sie verregnete Mittwochnachmittage, verteilte Neuzugänge auf den Regalen oder zog sich zum Lesen zurück. Ihr Großvater, ein leidenschaftlicher Büchernarr, kaufte ganze Bestände an gebrauchten Büchern auf, von denen die meisten sich in hohen Kisten rechts neben der Tür befanden. Juliette hatte in diesen Schätzen gestöbert und so nicht nur die Klassiker der Kinderliteratur für sich entdeckt, sondern auch Werke von in Vergessenheit geratenen Autoren wie Charles Morgan, Daphne du Maurier, Barbey d'Aurevilly und eine ganze Reihe von angelsächsischen Romanschriftstellerinnen, etwa Rosamund Lehmann. Die Romane von Agatha Christie ließ sie sich wie Pralinen auf der Zunge zergehen …

Sie waren so wunderbar!

Die Stimme des schwarzgekleideten Mannes holte sie augenblicklich in die Gegenwart zurück:

»Hier, halten Sie die mal kurz. Ich erinnere mich jetzt, dass ich nicht wusste, wohin damit. Ich nehme mal an, das bedeutet, dass sie reisefertig waren.«

»Reisefertig?«

»Genau. Deswegen sind Sie doch gekommen, oder nicht? Weil Sie auch Kurier werden wollen? Eigentlich hätte ich Ihnen vorher noch ein paar Fragen stellen müssen. Ich hatte eine Liste vorbereitet, irgendwo dahinten« – er deutete mit vager Geste auf den mit Papierkram und Zeitungsausschnitten überhäuften Schreibtisch. »Ich finde sie bloß nie, wenn ich sie gerade brauche. Aber ich kann Ihnen einen Kaffee anbieten.«

»Ich … nein danke, ich muss …«

»Trotzdem will ich Ihnen erklären … wie wir hier arbeiten … Wir, eigentlich müsste ich sagen, sie, weil ich … Das ist alles ein bisschen kompliziert. Ich selbst verlasse das Büro nämlich nicht.«

Er erhob sich, kletterte über die Kisten hinweg, wobei er sich geschickt mit beiden Händen abstützte, und ging ganz nach hinten; dort standen auf einem Tischchen eine kunstvoll gearbeitete Metallvorrichtung sowie einige Tassen und eine Dose mit der Aufschrift *Biscuits Lefèvre-Utile.*

»Diese Kaffeemaschine ist meine Erfindung«, sagte er mit dem Rücken zu ihr. »Sie funktioniert mehr oder weniger wie ein Pellet-Ofen … Verstehen Sie, was ich meine?«

»Nicht ganz«, murmelte Juliette, sie fühlte sich ein bisschen wie aus der Zeit gefallen.

Sie war spät dran. Mittlerweile wirklich sehr spät. Chloé hatte sie sicher bereits auf dem Handy angerufen – es war ausgeschaltet –, um sich zu erkundigen, ob sie krank sei; Monsieur Bernard hatte bereits die Türschwelle zu seinem Büroraum mit Fenster überschritten, gleich links, wenn man in die Agentur hereinkam, er hatte seinen Mantel ausgezogen und ihn an seiner Garderobe aufgehängt und dabei darauf geachtet, dass die Schultern akkurat auf dem überhäkelten Kleiderbügel auflagen, an dem ein rundes Stück Zedernholz hing, wegen der Motten. Auch er hatte seine private Kaffeemaschine eingeschaltet, zwei Stück Zucker in die Tasse aus Limoges-Porzellan gelegt, die zwei feine Goldränder und als einziges Stück aus dem mütterlichen Service überlebt hatte, wie er ihr einmal anvertraut hatte, denn die Mutter sei eine charmante, aber zerstreute Frau gewesen und habe alle anderen Tassen zerbrochen, eine habe sie seinem Vater gar an den Kopf geworfen, nachdem sie herausfand, dass er sie mit der Sekretärin betrog, immer die gleiche alte Geschichte. Das Agenturtelefon hatte sicher bereits geklingelt – ein oder zwei Mal. Chloé hatte die Anrufe entgegengenommen. Wie spät war es eigentlich? Juliette warf einen ängstlichen Blick zum Fenster (warum eigentlich ausgerechnet zum Fenster?), doch dann wehte ihr Kaffeeduft entgegen, und sie vergaß ihr schlechtes Gewissen. Der Mann drehte gerade kraftvoll an der Kurbel seiner hölzernen Kaffeemühle. Er summte, als habe er ihre Anwesenheit vergessen. Sie hörte die

Melodie nicht unbedingt, sondern spürte eher, wie diese sie sanft umwehte, bevor sie erstarb.

»Ich heiße Soliman«, sagte er und wandte sich ihr zu. »Und Sie?«

5

»Mein Vater hat Mozart verehrt«, sagte er ein wenig später, während sie dickflüssigen schwarzen Kaffee tranken, fast wie Likör. »Er hat mir und meiner Schwester die Namen von Figuren aus seiner Oper *Zaïde* gegeben. Auch meine Tochter ist nach ihr benannt.«

»Und Ihre Mutter? War die damit einfach so einverstanden?«

Juliette bemerkte ihren Ausrutscher sofort, errötete und stellte ihre Tasse ab.

»Es tut mir leid. Manchmal sage ich einfach alles, was mir durch den Kopf geht. Das mit Ihrer Mutter geht mich nichts an.«

»Kein Problem«, erwiderte er mit einem schwachen Lächeln, das seinen Zügen ein wenig von ihrer Schärfe nahm. »Meine Mutter ist sehr jung verstorben. Aber sie war bereits lange vor ihrem Tod nicht mehr unter uns, sondern irgendwie … abwesend.«

Er ging nicht weiter darauf ein, sondern ließ seinen Blick über die Kartons schweifen, die säuberlich an den Wänden aufeinandergestapelt waren, fast wie Ziegel – eine zweite Mauer neben der bereits vorhandenen, durch die weder Licht noch Geräusche von außen in den kleinen Raum drangen.

»Sicher ist Ihnen *Bookcrossing* ein Begriff«, begann er nach kurzem Schweigen. »Ein Amerikaner, Ron Hornbaker, hat diese Idee 2001 kreiert, oder vielmehr systematisch realisiert. Die Welt als Bibliothek … eine schöne Vorstellung, nicht wahr?

Man legt ein Buch an einem öffentlichen Ort ab, in einem Bahnhof, auf einer Parkbank, in einem Kino, dort nimmt es jemand mit, liest es und hinterlässt es seinerseits einige Tage oder Wochen später irgendwo anders.«

Er legte unter seinem Kinn die Fingerspitzen aneinander, seine Hände formten ein fast perfektes Dreieck.

»Es sollte außerdem möglich sein, den wandernden Büchern auf der Spur zu bleiben, ihre Reise zu verfolgen und den Lesern die Chance zu geben, Eindrücke auszutauschen. Daher wurde eine Bookcrossing-Webseite eingerichtet, auf der jedes Buch registriert wird. Es erhält dort eine ID, die zusammen mit der Internetadresse gut sichtbar auf dem Umschlag vermerkt sein muss. Wer wiederum eines von diesen wandernden Büchern findet, kann auf der Webseite Datum und Fundort eingeben und sich zur Lektüre äußern …«

»Und da machen Sie mit?«, unterbrach ihn Juliette.

»Nicht ganz.«

Er stand auf und ging auf die Bücherstapel zu, die Juliette mehr schlecht als recht aufgetürmt hatte. Er nahm von jedem ein Buch herunter.

»Sehen Sie, hier haben wir eine recht beliebige Auswahl von möglichen Leseangeboten. *Krieg und Frieden* von Tolstoi, *Der Schmerz der Engel* von Jón Kalman Stefánsson, *Suite française* von Irène Némirovsky, Jean-Claude Mourlevats *Winterspiele*, *Das Lächeln meiner Mutter* von Delphine de Vigan, Chrétien de Troyes *Der Karrenritter*. Der nächste Kurier, der den Laden betritt, muss dafür sorgen, dass alle diese Bücher weitergegeben werden.«

»Er muss dafür sorgen?«

»Er hinterlässt sie nicht einfach in der freien Natur oder in einem Zug. Er überlässt es nicht dem Zufall, wenn Sie so wollen, dass sie einen Leser finden.«

»Und wie …«

»Er muss einen Leser für sie aussuchen. Oder eine Leserin. Er beobachtet und beschattet die Person, bis er begriffen hat, welches Buch sie wirklich nötig hat. Stellen Sie sich das bloß nicht einfach vor. Man teilt jemandem ein Buch nicht einfach so aus Trotz oder einer Laune heraus zu oder weil man jemanden provozieren oder beunruhigen will, es sei denn, das geschieht absichtslos. Meine Kuriere besitzen großes Einfühlungsvermögen: Sie spüren in ihrem tiefsten Innern, welche Enttäuschungen und welcher Groll sich in einem menschlichen Körper verbergen, den auf den ersten Blick nichts von anderen unterscheidet. Eigentlich müsste ich sagen, mein bester Kurier. Die andere Mitarbeiterin ist leider vor Kurzem von uns gegangen.«

Er legte die Bücher ab, wandte sich um und griff mit den Fingern behutsam nach einem auf DIN-A4-Format vergrößerten Foto.

»Ich wollte es an einer Wand des Büros aufhängen. Aber das hätte ihr nicht gefallen. Sie war eine diskrete, verschwiegene, ja geheimnisvolle Frau. Ich habe nie erfahren, woher sie eigentlich stammte. Genauso wenig weiß ich, warum sie ihr Leben beenden wollte.«

Juliette fühlte einen Knoten im Hals. Ihr schien, als rückten die Wände aus Büchern näher, dicht und bedrohlich.

»Sie wollen damit sagen, dass …«

»Ja, sie hat Selbstmord begangen, vor zwei Tagen.«

Er schob das Foto über den Tisch zu ihr hin. Es war eine Schwarz-Weiß-Aufnahme, etwas körnig, und die Details waren durch die Entfernung zur Kamera und die schlechte Qualität des Ausdrucks verschwommen. Sofort erkannte Juliette die dickliche Frau wieder, sie war in einen Wintermantel gehüllt und zeigte ihr Halbprofil. Das war die Frau mit dem Kochbuch, die aus der Metrolinie 6, wie oft hatte sie mit einem geheimnisvoll erwartungsvollen Lächeln aus dem Fenster geblickt.

»Das tut mir wirklich leid, was bin ich für ein Idiot.«

Soliman hatte diesen Satz bereits vier oder fünf Mal wiederholt. Er hatte Juliette eine Schachtel mit Papiertaschentüchern, ein weitere Tasse Kaffee und auf einem nicht sehr sauberen Teller die Kekse aus der Dose gebracht.

»Sie kennen die Dame?«

»Ja«, gelang es ihr endlich zu antworten. »Das heißt, nein. Sie hat immer die gleiche Metro genommen wie ich. Es stimmt, ich habe sie weder gestern noch vorgestern gesehen, da hätte ich mir doch denken können ... Ich hätte ihr helfen müssen ... Ich hätte ...«

Er stellte sich hinter sie und massierte ihr unbeholfen die Schultern. Merkwürdigerweise tröstete sie sein harter, grober Griff.

»Natürlich nicht, Sie hätten nichts für sie tun können. Hören Sie, es tut mir leid, wirklich ...«

Juliette lachte nervös.

»Jetzt hören Sie doch endlich damit auf, sich zu entschuldigen.«

Sie richtete sich auf und blinzelte, um die Tränen zu verscheuchen. Der ohnehin kleine Raum schien noch weiter geschrumpft, als hätten die Bücherwände sich einen Schritt nach innen auf sie zubewegt. Das konnte natürlich unmöglich sein. Genauso unmöglich war es, dass die Bücher über ihrem Kopf auf sie zukamen – aber neigten sich die Bände auf dem obersten Regalbrett nicht zu ihr herunter, flüsterten die kartonierten Buchrücken ihr nicht Trostworte zu?

Juliette schüttelte den Kopf, stand auf und bürstete mit den Händen die Kekskrumen vom Rock. Weich waren die Kekse gewesen, mit einem merkwürdigen Geschmack, wahrscheinlich zu viel Zimt. Er hatte keine gegessen. Die Dampfschwaden, die immer noch aus der Kaffeemaschine aufstiegen – in regelmäßigen Abständen ließ sie ein leichtes Klicken vernehmen –, hingen wie ein tanzender Schleier vor ihren Augen und ließen seine Gesichtszüge unscharf erscheinen. Sie hatte sein Gesicht verstohlen gemustert, hatte immer sofort weggeschaut, sobald sich ihre Blicke begegneten. Als er aufstand und hinter sie trat, fühlte sie sich erleichtert. Niemals zuvor hatte sie derart schwarze Augenbrauen und einen so traurigen Blick gesehen, auch wenn ein permanentes Lächeln seine ansonsten harten Lippen umspielte. In seinem Gesicht spiegelten sich zugleich Aufbegehren, Sieg und Niedergang. Wie alt mochte er wohl sein?

»Ich muss wirklich los«, sagte sie, mehr um sich selbst gut zuzureden, als ihn davon in Kenntnis zu setzen.

»Aber Sie kommen wieder.«

Das war alles andere als eine Frage. Er reichte ihr ein Buchpaket, das er mit einem Stoffriemen umwickelt hatte. Wie einst, fiel ihr ein, als die Schüler ihre Bücher über den Rücken warfen, eine harte, eckige Bürde. Es erstaunte sie nicht, sie hätte sich auch nicht vorstellen können, dass er eine Plastiktüte verwendete.

»Ja. Ich komme wieder.«

Sie klemmte sich das Buchpaket unter den Arm, drehte sich um und steuerte auf die Tür zu. Dann blieb sie unvermittelt stehen, die Hand bereits auf dem Türgriff.

»Lesen Sie manchmal Liebesromane?«, fragte sie, ohne sich umzuwenden.

»Es wird Sie überraschen, aber ja, das kommt vor«, antwortete er.

»Und was passiert auf Seite 247?«

Es dauerte eine Weile, er schien über ihre Frage nachzudenken. Oder vielleicht hing er einer Erinnerung nach. Dann sagte er:

»Auf Seite 247 scheint alles verloren. Das ist der beste Moment, wissen Sie.«

= 6 =

Juliette hatte in dem überfüllten Metrowagen einen Stehplatz und fühlte, wie die Stofftasche, die sie über der Schulter trug, ihr in die Seite stach, genau an der Stelle zwischen Rippen und linkem Hüftknochen. Die Bücher, überlegte sie, versuchten, sie mit ihren spitzen Ecken zu durchbohren, jedes drängelte, das erste zu sein, wie kleine Tiere in Gefangenschaft, hartnäckig und an jenem Morgen geradezu feindselig.

Sie kannte den Grund. Als sie am Vorabend nach Hause zurückgekehrt war – irgendwann hatte sie in der Agentur angerufen, um zu sagen, dass sie sich nicht gut fühlte, nein, nein, nichts Ernstes, irgendetwas, das sie verschleppt hatte, mit einem Tag Ruhepause war das erledigt –, hatte sie die Bücher anstaltslos in die große Schultertasche gelegt, die sie immer freitags benutzte, hatte den Reißverschluss zugezogen und die Tasche dann vor die Eingangstür gestellt und ihren Regenschirm darübergelegt, denn für die laufende Woche war trübes Wetter vorhergesagt. Dann hatte sie den Fernseher angeschaltet, den Ton sehr laut gestellt und eine Tiefgekühllasagne gegessen, die sie vorher in der Mikrowelle aufwärmte; beim Essen schaute sie sich einen Dokumentarfilm über Basstölpel an und anschließend noch einen über einen verstorbenen Rockstar. Sie wollte, dass der Lärm der Welt sich zwischen sie und das vollgestopfte Bücherlager schob, zwischen sie und die Stunde, die sie gerade in jenem kleinen Raum verbracht hatte, na ja, so klein war er eigentlich gar nicht gewesen, eher von allen Seiten bedrängt, dieses Büro, in dem jeder noch so spärliche freie Raum von Büchern umstellt war; sie lagen auf Regalen, stapelten sich zwischen Tischbeinen, an einem Sessel oder auf den Gittern eines unbenutzten, offenstehenden Kühlschranks.

Das Mitbringsel aus jenem Raum hatte sie verbannt, nach dem Motto, aus den Augen, aus dem Sinn, vielleicht sogar aus ihrer Erinnerung. Im Mund den süßlichen Geschmack von industrieller Fertiglasagne, das Trommelfell erfüllt von Musik, Ausrufen, Vogelrufen, von vertraulichen Mitteilungen, Analysen und Geschwätz, hatte sie sich wieder im Vertrauten und Banalen eingerichtet, es war eigentlich ganz okay, es war auszuhalten, das alltägliche Leben eben – es war das einzige Leben, das sie kannte.

Und an jenem Morgen nahmen es die Bücher ihr also übel, dass sie sie links liegen gelassen hatte.

Was für eine idiotische Vorstellung.

»Sagen Sie mal«, brummte der Mann neben ihr, er war klein und in einen Armeeparka gezwängt. »Das Zeug da ist ganz schön hart. Was schleppen Sie eigentlich in Ihrer Tasche herum?«

Sie sah von oben auf seinen Kopf herab, durch gelverklebte Haarsträhnen leuchtete eine rosa Glatze, und antwortete, ohne nachzudenken:

»Bücher.«

»In Ihrem Alter. Ich glaub's nicht. Das soll keine Kritik sein, Lesen ist gut und schön, aber sollten Sie nicht besser …«

Den Rest des Satzes bekam Juliette nicht mehr mit, denn die Metro kam mit einem Ruck zum Stehen, die Türen öffneten sich, und der Griesgram wurde von der Masse der Leiber mitgerissen und verschwand. Eine hochgewachsene schlanke Frau in einem zerknitterten Regenmantel nahm seinen Platz ein. Sie beklagte sich nicht, obwohl sie während der Fahrt schwankend gegen die Bücher stieß, die bei der geringsten Berührung anscheinend so viel Ecken aufbieten wollten wie nur möglich. Juliette litt mit ihr und drückte sich eng gegen die vibrierende Trennwand, aber das wäre gar nicht nötig gewesen, denn das Gesicht der Frau, das sie im Profil sah, verriet nicht das geringste Missbehagen, nur einen tief sitzenden Überdruss, wie ein festes, dauerhaftes Gehäuse, das mit der Zeit immer dicker geworden war.

Endlich kam sie an ihrer Station an, bahnte sich ihren Weg durch die Ströme der Reisenden, welche die Treppen hinauf und hinuntergingen, stolperte leicht, als sie auf den Gehsteig trat und suchte mit dem Blick die Geschäftsfenster der Agentur, weiße Rechtecke, die in leuchtendem Orange abgesetzt waren, darin gut sichtbar die Angebote, und lief zur Tür.

Sie war die Erste. Daher konnte sie die Tasche in dem Metallschrank, in dem die beiden Angestellten ihre persönlichen Gegenstände unterbrachten, unbemerkt unter ihrer Jacke abstellen. Dann schloss sie die Tür mit unnötigem Schwung und setzte sich an ihren Schreibtisch, auf dem sie ein Stapel unerledigter Akten und ein Post-it mit Chloés krakeliger Handschrift erwarteten:

Wieder gesund? Bin gerade auf einem Termin, ich geh direkt zu der hässlichen Wohnung in der Rue G. Küsschen!

»Die hässliche Wohnung in der Rue G.«, das bedeutete einen Termin, der sich hinziehen würde. Fünfzig Quadratmeter, die mehr oder weniger von einem Flur und einem unnötig großen Badezimmer eingenommen wurden, in dem eine freistehende Badewanne mit rostigen Löwenfüßen stand; für Chloé war die Wohnung zur persönlichen Herausforderung geworden. Juliette hatte ihr einige Tage zuvor dabei zugehört, als sie begeistert die Vorzüge einer freistehenden Badewanne im Zentrum von Paris aufzählte.

»Bei einem Ehepaar wirkt die glatt luststeigernd. Die beiden können sich dann ausmalen, wie sie zusammen baden, mit ganz viel Schaum und Duftölen, mit denen sie sich gegenseitig die Füße massieren.«

»Und was ist mit dem Rost? Und den Rissen im Linoleum? Die finde ich nicht unbedingt glamourös«, hatte Juliette eingewandt.

»Da leg ich den alten chinesischen Teppich von meiner Großmutter drüber, der ist im Keller, Mama wird nicht mal merken, dass er verschwunden ist. Und dazu eine Grünpflanze. Dann denken sie, sie befänden sich in einem Wintergarten, wie in dem Roman, den du mir zu lesen gegeben hast, du weißt schon … Ziemlich lang und bescheuert war der, ich hab's nicht geschafft, ihn zu Ende zu lesen, aber da gab es diese hübsche Szene, mit den vielen Blumen und den Korbstühlen …«

Doch, Juliette wusste sehr genau, um welchen Roman es ging. Zolas *Die Beute.* »Viel Lärm und Theater um nichts«, war Chloés Bemerkung gewesen, als sie ihn ihr zurückgegeben hatte. Doch offenbar hatte ihr die tödlich verlaufende Verführungsszene gefallen, in der Renée Saccard sich im Treibhaus ihrem jungen Schwiegersohn hingibt, inmitten der betörenden Düfte seltener Blumen, die den Wohlstand und guten Geschmack ihres Gatten bezeugen sollen.

»Du hättest bei der Weiterbildung *Home Staging* dabei sein sollen«, hatte Chloé ihre Rede ziemlich von oben herab fortgesetzt. »Voll interessant, sage ich dir. Man muss Wohnungen lebendig gestalten, verstehst du … und genau das Leben reinbringen, das sich die Leute wünschen. Schon beim Reinkommen müssen sie denken, wenn ich hier wohne, dann werde ich fitter, wichtiger, beliebter. Sie müssen sich innerlich sagen, ich kriege die Beförderung, auf die ich schon seit zwei Jahren aus bin, nach der ich mich aber nicht zu fragen traue, weil ich eine

Absage fürchte, ich verdiene fünfhundert Euro mehr im Monat, ich lade dieses Mädchen vom Amt ein, mit mir auszugehen, und sie wird Ja sagen.«

»Dann verkaufst du ihnen Illusionen …«

»Nein, Träume. Und ich helfe ihnen, sich für ihr Leben eine bessere Zukunft vorzustellen«, hatte Chloé mit besserwisserischem Tonfall abgeschlossen.

»Jetzt hör endlich auf, mir von deinem Kurs zu erzählen«, hatte Juliette ausgerufen. »Glaubst du etwa wirklich daran?«

Chloé hatte ihre Kollegin gehässig angeschaut.

»Klar, solange ich damit meinen Bonus kriege. Immer musst du alles kleinreden …«

Das Telefon klingelte. Es war Chloé.

»Bring mir ein Buch vorbei. In deiner Schreibtischschublade hast du haufenweise Bücher, das hab ich gesehen«, legte sie vorwurfsvoll los.

»Was für eine Art Buch?«, hakte Juliette leicht fassungslos nach.

»Das spielt keine Rolle. Es soll auf das Tischchen, das ich neben die Badewanne stellen will. Dann sieht man den Rost weniger. Außerdem kommt da noch eine Lampe drauf, im Vintage-Stil mit einer Bordüre aus Perlen, es soll ja junge Frauen geben, die beim Baden gerne lesen. Das alles sorgt sofort für die richtige Stimmung.«

»Ich dachte, du hattest dir die Badewanne für erotische Spielchen vorgestellt?«

»Ihr Typ ist bestimmt nicht immer zu Hause. Und hin und wieder muss man sich auch mal eine Auszeit nehmen.«

»Wenn du das sagst, dann muss es wohl stimmen«, gab Juliette amüsiert zurück.

Chloé las ihre Liebhaber wahllos auf, ein Wochenende ohne

Mann kam für sie einer Tragödie gleich, und sie wäre sicher niemals auf die Idee gekommen, Proust oder Faulkner zu sich ins Schaumbad einzuladen.

»Ich sehe, was ich für dich tun kann«, sagte Juliette und legte auf.

Chloé hatte ganz richtig beobachtet: Die unterste Schublade in Juliettes Schreibtisch war zugleich die tiefste und damit wenig praktisch, um dort Akten ordentlich zu verstauen – und so hatte sie sie mit Taschenbüchern vollgestopft, Relikte aus vier Jahren Pendeln zwischen Zuhause und Büro; zwischen die Buchseiten hatte sie, wann immer sie in ihrer Lektüre unterbrochen wurde, Kinotickets, Abholscheine für die Reinigung, das Flugblatt einer Pizzeria und Konzertprogramme geklemmt oder herausgerissene Heftseiten, auf die sie ihre Einkaufsliste oder Telefonnummern gekritzelt hatte.

Als sie an dem Metallgriff zog, schob sich die schwere Lade kreischend auf den Schienen nach vorn, klemmte mit einem Mal, und dabei purzelten mehrere Bücher zu Boden. Juliette sammelte sie zusammen und richtete sich auf, um sie neben ihrer Tastatur zu stapeln. Es war Zeitverschwendung, weiter in der Schublade zu wühlen, der erstbeste Titel würde es auch tun. »Titel« war in diesem Fall auch genau das richtige Wort, denn mehr würde Chloé ohnehin nicht lesen.

Der Titel. Genau. Der war wichtig. War *Gespräch mit Anna* von Lorette Nobécourt als Lektüre geeignet – ihre Haut erinnerte sich noch an jenen Roman, ein heimtückisches Kribbeln überfiel sie, es genügte, das Buch in der Hand zu halten, das Jucken begann am linken Schulterblatt und kroch von dort hoch bis zur Schulter, da, sie musste sich kratzen, sehr heftig sogar, nein, dieser Roman kam nicht in Frage. Sie selbst hatte ihn verschlungen, aber natürlich würde in diesem Fall in der

Zwischenzeit das Badewasser kalt werden, es musste also etwas Sanftes, Aufmunterndes, Tröstendes her. Etwas Geheimnisvolles. Vielleicht Novellen? *Das unsichtbare Wesen* von Maupassant, die unvollendete Chronik von Wahnsinn, der in Selbstmord mündet? Juliette sah vor ihrem geistigen Auge die Leserin, die, bis zu den Schultern im Schaumbad sitzend, den Kopf hebt und ängstlich durch die halboffene Tür des Badezimmers in den düster verschatteten Korridor lugt … Aus dieser Dunkelheit würden sie die Gespenster und Schrecken aus ihrer Kindheit anspringen, die sie jahrelang so sorgsam in Schach gehalten hatte, und in ihrem Gefolge alle anderen Ängste … Die junge Frau würde sich bestürzt aus dem Badewasser erheben, über den Rand steigen und auf der Seife ausrutschen, wie Lady Cora Crawley in *Downton Abbey,* und sich beim Sturz womöglich noch den Hals brechen …

Auf keinen Fall.

Sie sortierte also bedauernd die Novellen aus, den ersten Band von Prousts *Auf der Suche nach der verlorenen Zeit*, einige Krimis, deren Umschlag zu vergilbt war, einen Essay über die Leiden am Arbeitsplatz, eine Stalin-Biografie (warum hatte sie die nur gekauft?), ein Konversationshandbuch, französisch-spanisch, zwei Wälzer von russischen Autoren, die in einer Schriftgröße von 10 Punkt und einzeilig gesetzt waren (und damit kaum lesbar), und seufzte.

Also blieb ihr doch nichts anderes übrig, als die Schublade vollständig auszuräumen. Dann würde sie bestimmt etwas finden. Ein harmloses Buch, das keine Katastrophen auslösen konnte.

Es sei denn …

Juliette fegte mit der flachen Hand die Bücher beiseite, die in einem Durcheinander herunterpurzelten, und zwar in ihr – da gab es nichts zu beschönigen – Grab, genau diesen Eindruck machte es jedenfalls. Darauf schob sie die Schublade zu. Das Ganze war traurig, das spürte sie, aber sie wollte diesem unangenehmen und diffusen Gefühl, wenigstens im Augenblick, nicht weiter nachhängen.

Sie hatte eine Mission zu erfüllen.

Sie stand auf, lief um ihren Schreibtisch herum und öffnete den Garderobenschrank.

Die Tasche stand immer noch an ihrem Platz. Wieso hatte sie sich einen Augenblick lang vorgestellt, sie könnte verschwunden sein?

Die Ecke eines Buches bohrte sich in ihre Rippen.

Das ist genau das Richtige, dachte sie bei sich, und zwar mit einer niemals zuvor empfundenen Gewissheit.

= 7 =

Das war die Premiere, ihre Premiere als Kurier, überlegte Juliette, während sie durch den festen Stoff ihrer Umhängetasche das ausgewählte Buch ertastete – aber hatte wirklich sie es ausgesucht? Sie verstieß bereits gegen alle Regeln: Sie kannte nicht einmal den Titel des Werkes, hatte keine Ahnung, welche Hand es ergreifen und umdrehen würde, um zum Beispiel den Klappentext zu lesen, sie hatte die Zielperson noch nicht beschattet und genau beobachtet, hatte sich keine Gedanken über das Zusammentreffen mit ihr gemacht, und vor allem nicht mit Bedacht – das war für Soliman unabdingbar – genau das richtige Buch für den richtigen Leser oder die Leserin gefunden, und umgekehrt.

Eine Leserin. Es kam eigentlich nur eine Leserin in Frage. Männer lesen nicht in der Badewanne. Eigentlich baden Männer nicht einmal, sie haben es immer eilig, und der wirklich einzige Weg, um sie ruhigzustellen, ist, sie aufs Sofa vor ein Champions-League-Spiel zu setzen. Das wenigstens hatte Juliette aus dem Verhalten ihrer drei Liebhaber gelernt.

»Ich weiß«, sagte sie laut. »Ich verallgemeinere. Deshalb liege ich auch jedes Mal daneben.«

Schon wieder verallgemeinerte sie. Aber sie neigte dazu, das musste sie zugeben, aus jedem kleinen bisschen, das ihr zusagte, vorschnelle, wenn auch zumeist positive Schlüsse zu ziehen: die zierliche Brille mit Metallrand von diesem, die Hände von jenem – hielt er sie nicht leicht geöffnet, als wollte er jeden

Moment einen Welpen oder ein Baby in Empfang nehmen? –, die Haarlocke eines Dritten – sie fiel ihm immer wieder in die Stirn und verhüllte einen intensiv blauen Blick … An diesen winzigen Details glaubte sie Intelligenz, Zärtlichkeit, Humor, Standhaftigkeit oder Fantasie zu erkennen, alles Eigenschaften, die ihr selbst ihrer Einschätzung nach fehlten.

Sie steckte eine Hand in die Tasche, die Augenbrauen gerunzelt, immer noch im Selbstgespräch: Joseph hatte richtig breite Schultern in seinen groben Wollpullovern gehabt, die mochte er am liebsten, aber er hatte seine Kraft lediglich dazu genutzt, in seiner Faust Nüsse zu knacken; Emmanuel hatte immer Mitleid mit den Vögeln, die gegen Hochspannungsleitungen flogen, aber als sie selbst die Grippe hatte, hatte er sie nicht einmal angerufen; Romain war immer sofort eingeschnappt gewesen und dividierte in Restaurants die Rechnung mit geradezu besessener Sorgfalt auseinander – fast bis auf den letzten Cent.

Sie war in sie alle verliebt gewesen oder hatte das wenigstens von sich geglaubt, was aufs Gleiche hinauskam. Seit einem halben Jahr war sie Single. Sie hatte auch geglaubt, dass sie das nicht ertragen würde, und war jetzt erstaunt, dass sie ihre Freiheit genoss – diese Freiheit, die ihr zuvor so viel Angst gemacht hatte.

»Da können die sich noch so sehr anstrengen«, brummte sie, und ihre Finger umschlossen das ausgewählte Buch, oder besser, das Buch, das sich ihr geradezu aufgedrängt hatte.

Sie hatte keine Ahnung, an wen der Satz gerichtet war. Eine weitere Verallgemeinerung. Keine Frage.

Das Buch war dick und schwer, es lag gut in ihrer Hand. Ein wichtiges Kriterium. Juliette trat langsam, Schritt für Schritt, zurück und hatte ihren Blick auf den nahezu schwarzen Umschlag gerichtet, im Dunkel erahnte man in der Nähe des Buchschnitts die Ruine eines englischen Herrenhauses.

Daphne du Maurier. *Rébecca.*

»Sie wollen den Vorvertrag für den Kauf unterschreiben.«

Chloé warf ihre Tasche auf den Schreibtisch, wandte sich zu Juliette um und zeigte in einer Geste falscher Anschuldigung mit dem Finger auf sie:

»Das Mädchen war sofort in deinen Roman vernarrt. Ein Glück, denn vorher hat sie ein langes Gesicht gezogen. Von der Besichtigung des Wohnzimmers erzähle ich dir lieber nicht, und die Küche verschweigen wir ganz. Aber dann, ganz plötzlich …«

Sie ahmte Überraschung nach, hob die Augenbrauen, riss die Augen auf und formte mit den Lippen ein »O«.

»Stell dir die Szene vor: Sie betritt das Badezimmer, dazu muss man sagen, dass ich wirklich weder Kosten noch Mühe gescheut habe – indirekte Beleuchtung, eine Topfpflanze, über dem Rücken einer Liege ein weißes Badetuch, keine Spur von Rost und Feuchtigkeitsflecken. Er meint, dieses Loch zu kaufen, wäre Wahnsinn, aber sie hört ihm schon gar nicht mehr zu, sie geht auf die Wanne zu, und da …«

Chloé ballte die Fäuste und machte einen Freudensprung, dann erzählte sie weiter:

»So was hab ich noch nicht gesehen. Sie greift nach dem Buch, blättert darin und meint: ›Da schau an, *Rebecca*, meine Mutter hat diesen alten Film geliebt, mit … na, wie hieß sie denn gleich noch? Grace Kelly? Nein, Joan Fontaine …‹ Und dann fängt sie an zu lesen. Das hat dann eine ganze Weile gedauert, ich habe währenddessen fast die Luft angehalten. Dann er: ›Ich glaube, wir haben genug gesehen‹; dann sie: ›Man könnte einen Ankleideraum einrichten‹ – und sie lächelt, ich schwör's dir, und fragt mich: ›Gehört Ihnen dieser Roman? Darf ich ihn behalten?‹ Dann stellt sie sich vor den Spiegel, ein toller alter Spiegel, den ich letztes Wochenende beim Altwarenhändler gefunden habe, sie fährt sich mit den Händen übers Haar, so«, Chloé ahmte die Geste nach, sie öffnete die Lippen, Juliette bemerkte, dass ihre Wimpern leicht zitterten, ihre Miene sich entspannte und verwandelte und eine wesensfremde Melancholie sich über Chloés fröhliches Gesicht legte wie eine japanische Theater- oder Karnevalsmaske, »und dann wandte sie sich zum ihm um und sagte mit einer ganz komischen Stimme: ›Wir werden hier glücklich sein … du wirst sehen.‹«

═

Die Immobilienagentur machte um halb sieben zu. Um Mitternacht hockte Juliette immer noch auf dem Parkettboden, das Holz war seit Langem abgenutzt, und zwischen den Riegeln verliefen lange graue Spuren von Kitt. Dieses Büro, das Kunden ohnehin niemals betraten, zu renovieren, stand außer Frage, nachdem Monsieur Bernard bei einem Betriebsfest drei Jahre zuvor in dem schmalen Durchgang zum Fenster eine erstklassige Flasche Cidre brut umgestoßen hatte. Das schäumende Getränk war zwischen die Ritzen gesickert und hatte auf dem Holz einen gelblichen Rand hinterlassen. Die beiden jungen Angestellten saßen untertags ohnehin an einem Plexiglastisch im vorderen Geschäftsbereich, mit gewinnendem Lächeln und im Licht von versenkten Einbaustrahlern.

Genau auf jenem seit Langem getrockneten Fleck hockte jetzt Juliette im Schneidersitz und hatte die Bücher wie einen Fächer um sich herum ausgebreitet.

Siebzehn waren es. Sie hatte sie gezählt, jedes einzelne in die Hand genommen, sein Gewicht abgeschätzt und es durchgeblättert. Sie hatte ihre Nase zwischen die Seiten gesteckt und den Duft eingeatmet, hier und dort Wendungen aufgeschnappt, unvollständige Absätze, Worte, die verlockten wie Süßes oder verletzten wie Klingen.

Also sprach er, erhub sich und setzte neben dem Feuer ihm ein Bette, bedeckt mit Fellen von Ziegen und Schafen. Und Odysseus legte sich hin. Da bedeckte der Sauhirt ihn mit dem großen wollichten Mantel, womit er sich pflegte umzukleiden, wenn draußen ein schrecklicher Winterorkan blies … Mein Gesicht war eine Weide, auf der eine Büffelherde graste … Er blickte in das Feuer aus Holzscheiten, über denen ersterbend die einzige Flamme kreiselte und tanzte, die zum Garen des Mittagessens bestimmt war … Wiedergefunden! Wer? Die Ewigkeit! Verwoben Sonne und Meer … Genau, überlegte Rudy, ehrgeizige Mannsbilder, die mit ihren kräftigen Beinen auf dem Boden der Realität stehen, ohne die Knie auch nur im Geringsten gefällig zu beugen … Smoking, weites Abendlicht, dürstende Stunden, kärgliches Mondlicht, belangloses Geplauder, ein kleines Tal, Licht …

So viele Worte. So viele Geschichten, Figuren und Landschaften, so viel Lachen und Weinen, so viele unvermittelte Entscheidungen, so viel Schrecken und Hoffnung.

Für wen?

8

Juliette hatte tatsächlich die Straße wiedergefunden, das verrostete Tor mit seinen Streifen aus alter blauer Farbe und das zwischen hohen Mauern eingesperrte Stück Himmel, und sie wunderte sich. Sie hätte es geradezu normal gefunden, wenn der Weg dorthin einfach unauffindbar gewesen wäre oder sie vor einer fensterlosen nackten Hauswand gestanden hätte oder wenn sich an diesem Ort anstelle des vergeblich gesuchten Lagerhauses eine Apotheke oder eine gelbe oder leuchtend grüne Plakatwand mit den Sonderangeboten der Woche befunden hätte.

Aber nein. Sie legte ihre linke Hand flach an das kalte Metall. Auch das Schild war immer noch da. Und das Buch. Es sorgte, zwischen die Torflügel geklemmt, für Durchzug; es roch nach Rauch. Sie wandte sich um und musterte die Häuserfassaden. Warum machte sie sich eigentlich im Augenblick Gedanken darüber, dass man sie beobachtete? Hatte sie etwa Angst, dass man sie dabei verfolgte, wie sie eintrat – dass man sich ein Urteil über sie bildete? In diesem verschlafenen Stadtviertel beobachteten die Leute sicher misstrauisch, wer bei den Nachbarn ein und aus ging. Und dieser Ort hier weckte zweifellos ihre Neugier, um es vorsichtig auszudrücken.

Juliette wusste nicht recht, was sie befürchtete. Aber sie fühlte sich leicht beunruhigt. Bücher an Unbekannte weiterzugeben – wenngleich man sich diese Unbekannten ausgesucht und sie beobachtet hatte –, wer hatte für so etwas eigentlich Zeit? Wer konnte sich dem gar ganz und gar widmen? Wovon lebte der Vater der kleinen Zaïde überhaupt? Verließ er hin und wieder sein Büro, um zur Arbeit zu gehen – das Wort ließ in Juliettes Gedanken kein Bild entstehen, sie konnte sich Soliman weder hinter einem Bankschalter vorstellen noch in einem Architektenbüro und in einem Klassenzimmer oder einem Supermarkt noch weniger –, oder hielt er sich buchstäblich immer in diesem Raum auf, dessen Wände mit Büchern verstellt waren, in dem von morgens bis abends Licht brannte und man nicht merkte, ob draußen gerade Nacht war oder Tag? Vielleicht arbeitete er ja von dort aus, vielleicht entwarf er Webseiten, übersetzte, verfasste Auftragsartikel oder erstellte Kataloge? Aber sie konnte ihn sich in keinem dieser Berufe vorstellen. Eigentlich war er für sie kein gewöhnlicher Mensch aus Fleisch und Blut, mit materiellen Bedürfnissen und sozialen Kontakten, er war in ihren Augen auch kein richtiger Vater.

Ja, nicht einmal ein Mann.

Man lehrt uns Misstrauen, überlegte sie, während sie gegen den schweren Torflügel drückte, der sich langsam aufschob, als habe er keine rechte Lust dazu. Immer denkt man gleich das Schlimmste. Es geht darum, anderen Menschen Bücher zu geben, damit es ihnen im Leben besser geht – wenn ich es recht begriffen habe … Ich bin sicher, dass der Lebensmittelhändler an der Ecke Soliman für einen Terroristen hält oder einen Drogendealer. Und dass hier die Polizei schon angerückt ist. Wäre er Zahnarzt, würde das niemandem in den Sinn kommen. Was für Banalitäten, die mir da gerade durch den Kopf gehen, diese Gemeinplätze kennt wirklich jedes Kind. Vielleicht lese ich nicht mehr genug, mein Hirn ist wie taub. Ich sollte besser … genau, was sollte ich?

Der Hof war leer, unter den Stufen der Metalltreppe schwebte ein Papierschnitzel, die Tür zum Büro war geschlossen. Drinnen brannte kein Licht. Enttäuscht zögerte Juliette einige Augenblicke, bevor sie den Rückweg antrat, doch dann ließ ihr die Neugier keine Ruhe, und sie ging auf die vor Staub blinden Fensterscheiben zu. Zur Höhle des Löwen ohne den Löwen, erregt von der Gefahr, obwohl es weit und breit keine Gefahr gab. Warum fielen ihr bloß dauernd derart fragwürdige Parallelen ein? Am liebsten hätte sie sich selbst geohrfeigt – sie war zur rechten Zeit am rechten Ort dafür, niemand konnte sie sehen. Diese Geste war allerdings ziemlich kindisch. Das ging wirklich zu weit. Aber warum eigentlich?

Sie näherte sich Schritt für Schritt. Die Stille war erstaunlich. Unvorstellbar, fast jedenfalls, dass nur wenige Meter von hier die Stadt toste, Fresserin von Zeit, von Lebenskraft und Träumen, unersättlich und niemals zur Ruhe kommend. Sie hörte Flügelschläge, eine Taube hatte sich auf dem Geländer der Galerie niedergelassen, irgendwo tat eine Glocke, die einen Sprung hatte, acht Schläge. Es war Morgen. Es hätte zu irgendeiner Stunde, an irgendeinem Ort sein können, vielleicht in einem jener Provinzstädtchen, von denen Balzac so gern erzählte.

»Bleiben Sie doch nicht da stehen, gehen Sie ruhig rein.«

Die Stimme kam von oben, war an ihr Ohr gedrungen, schreckte sie auf. Sie hatte die Nase nicht einmal gegen die Scheiben gedrückt und doch das Gefühl, dass man sie in flagranti beim Herumschnüffeln ertappt hatte.

»Ich komme, heute bin ich spät dran.«

Und schon war er da – man hätte meinen können, er bewege sich schwebend fort. Juliette hatte ihn nicht einmal die Treppe herunterkommen hören. Sie nahm den Duft von seiner Kleidung wahr, bevor sie ihn sah. Zimt und Orange.

»Ich habe gerade einen Kuchen für Zaïde gebacken«, sagte er. »Sie fühlt sich ein bisschen angeschlagen.«

Er blickte auf seine mehlbestäubten Hände und rieb sie mit entschuldigendem Lächeln an seiner schwarzen Hose ab.

Nun gut, er war Vater. Aber ein Kuchen? Für ein kleines krankes Mädchen?

»Wenn sie aber Bauchschmerzen hat …«, fiel Juliette in missbilligendem Tonfall ein, unterbrach sich jedoch sofort, denn sie hörte, dass Mutter und Großmutter förmlich wie aus einem Munde aus ihr sprachen.

Warum mischte sie sich hier eigentlich ein?

Soliman drückte auf die Klinke, doch die verrosteten Türangeln widersetzten sich. Er stemmte sich mit der Schulter gegen die Tür und öffnete sie gewaltsam.

»Hier ist alles krumm und schief«, sagte er. »Die Räume und ihr Mieter. Wir passen gut zusammen.«

Juliette hätte eigentlich protestieren müssen, schon allein aus Höflichkeit, aber im Grund hatte er recht. »Krumm und schief …«, das hatte seinen Charme. Die Türschwelle aus Stein, in die sich parallel verlaufende Kurven eingegraben hatten, der von Staub graue Fußboden, die Fenster, die beim kleinsten Windhauch klapperten, die Decke, die sich im Halbdunkel verlor, und überall Bücher, bis in den letzten Winkel. Dieses zusammengeschusterte Ensemble machte dennoch den Eindruck von Dauerhaftigkeit. Dieser Ort hätte sich von einem Tag auf den anderen auflösen und wie eine Wolke durch Zeit und Raum schweben können, um woanders aufzuerstehen, und doch hätte die Tür weiter geknirscht und wären die Bücherstapel weiterhin umgefallen, sobald ein Besucher daran vorüberging. Man konnte förmlich Gefallen finden an diesem weichen, gedämpften Geräusch, wenn sie umfielen, an dem Wispern der aufgeblätterten Buchseiten. Doch Soliman kam bereits auf sie zugestürzt, und noch während er ihr einen freien Stuhl anbot, sammelte er all das bedruckte Papier auf und schob es mit besorgter Zärtlichkeit erneut zu halbwegs stabilen Gebilden zusammen und aus dem Weg.

»Sind Sie schon fertig?«, fragte er sie schließlich und ließ sich erschöpft auf seinen Stuhl fallen. »Erzählen Sie!«

»O nein, darum geht es nicht. Ich …«

Er hörte ihr nicht zu.

»Erzählen Sie«, wiederholte er unbeirrt. »Ich hatte vielleicht versäumt, es Ihnen zu sagen – ich schreibe alles mit.«

Er legte seine flache Hand auf ein großes grünes Logbuch mit abgewetzten Ecken. Juliette hatte wieder das Gefühl, sanft zu entschwinden … Wohin? Vielleicht in ein anderes Land oder in eine andere Zeit – einstweilen vertiefte sie sich in den Anblick dieser Hand. Sie war groß und von den Knöcheln der weit gespreizten Finger bis zum Handgelenk von feinen braunen Härchen bedeckt. Sie zitterte leicht, wie ein Tierchen. Die Nägel waren kurz, mit einem Rand, der nicht schwarz war, sondern hellgrau, staubgrau, natürlich, vom Staub der Bücher. Es war zu Staub gewordene Tinte, zu Asche zerfallene Worte, die sich dort angesammelt hatten und von dort entkommen und entschweben konnten, man konnte sie einatmen und vielleicht auch begreifen?

»Alles?«

Ihr Tonfall drückte diesmal weder Verwunderung aus noch Misstrauen, eher kindliches Staunen. Nein. Das Wort Staunen war zu sentimental oder aber viel zu dick aufgetragen. Zu dick aufgetragen im Verhältnis zu Misstrauen, Ironie, Gleichgültigkeit. Zu dick aufgetragen für den Alltag.

»Ich werde jetzt einfach aufstehen, weggehen und niemals wiederkommen«, beschloss Juliette benommen. »Warum gehe ich nicht ins Kino, das wäre doch eine gute Idee, und danach esse ich Sushi oder eine Pizza, und dann gehe ich nach Hause und …«

Und was dann, Juliette? Dann gehst du schlafen? Haust dich in einen Sessel und schaust dir eine bescheuerte Fernsehsendung an? Oder grübelst wieder einmal über deine Einsamkeit nach?

»Ja, alles. Alles, was man mir preisgibt. Die Geschichte der Bücher, verstehen Sie? Wie sie leben, welche Menschen sie erreicht haben, jedes Buch ist wie ein Porträt und hat mindestens zwei Gesichter.«

»Zwei …«

»Genau. Das Gesicht von der Person, die es weitergibt. Und das Gesicht von der Person, die es empfängt.«

Die Hand von Soliman hob sich und schwebte einen Augenblick lang über einem Stapel, der etwas weniger hoch war als die anderen.

»Nehmen Sie zum Beispiel diese hier. Die hat man mir zurückgebracht. Das kommt nicht oft vor. Ich schreibe meinen Namen nicht vorne rein, mir gefällt die Vorstellung, dass sie sich verlieren, dass sie mir unbekannte Wege gehen … nach ihrer ersten Reise, von der ich eine Spur, einen Bericht aufbewahre.«

Er nahm das oberste Buch vom Stapel, hielt es aber geschlossen. Seine Finger fuhren zärtlich über den Buchschnitt. Juliette fröstelte unwillkürlich.

Es ist nicht einmal schön gemacht.

»Die Frau, von der ich Ihnen beim letzten Mal erzählt habe, die Ihnen immer in der Metro begegnet ist, hat dieses Buch weitergegeben. Es war gestern ins Tor eingeklemmt, ich habe es gefunden. Ich weiß aber nicht, wer es dort hinterlassen hat, und das macht mich traurig.«

= 9 =

Ein stürmischer Ostwind, der seit dem Vorabend immer wieder in Böen auffrischte, rüttelte leicht am Zug, und Juliette malte sich aus, wenn sie die Augen schloss, an Bord eines Schiffes zu reisen, das die stillen, glatten Hafengewässer verlässt und auf die hohe See hinausfährt.

Die Vorstellung diente ihr dazu, sich zu beruhigen und das Zittern ihrer Hände unter Kontrolle zu halten. Das Buch, das sie aufgeschlagen vor sich hielt, kam ihr zu steif vor und viel zu dick – zu auffallend, um es auf den Punkt zu bringen.

Doch war das nicht genau ihre Absicht gewesen?

Der feste Schutzumschlag, den sie am Vorabend angefertigt hatte, indem sie, ohne mit der Wimper zu zucken, den Schrank mit dem Büromaterial durchstöberte und später den Farbdrucker benutzte – und zwar so oft, dass man in diesem Monat wahrscheinlich zwei Mal den Toner wechseln musste, Monsieur Bernard würde über die Mehrausgabe nicht erfreut sein –, verunglückte Exemplare zunächst in ihren Papierkorb warf, dann aber kurz überlegte und sie in einem großen Abfallbeutel sammelte, den sie schließlich mit leichten Gewissensbissen drei Straßen weiter entsorgte, dieser Umschlag also, glitt immer wieder von dem Buchdeckel. Sie fuhr zum wiederholten Mal über die Kante der Umschlagklappe und ließ das Buch auf ihren Schoß fallen. Ihr gegenüber saß ein Typ um die dreißig, taillierter Anzug und schmale Krawatte im Sechzigerjahre-Stil, der kurz aufhörte, auf der Tastatur seines Smartphones zu klimpern, innehielt, um sie anzusehen und förmlich in Mitgefühl einzuhüllen – sie fand das ein bisschen übertrieben.

Verstohlen beobachtete Juliette die anderen Mitreisenden. Es waren nicht viele. Das Zugpersonal streikte, der Metroverkehr war eingeschränkt, und Vorstadtpendler, die es sich leisten konnten, waren zu Hause geblieben. Und dieses Mal war sie früh dran, sogar sehr früh. Es war nicht einmal halb acht. Warum hatte sie sich für diese frühe Morgenstunde entschieden? Ach ja – sie hatte befürchtet, keinen Sitzplatz zu bekommen. Das Buch, das sie gerade las oder zu lesen vorgab, konnte man nicht einfach in einer Hand halten, während man mit der anderen einen der Haltegriffe in der Nähe der Tür umklammerte.

Daher war keine der bekannten Personen zu sehen, mit denen sie für gewöhnlich ihre Fahrt teilte. Sie fühlte sich fast erleichtert. Niemand außer diesem Typen mit dem Smartphone interessierte sich für sie. Der beugte sich übrigens gerade zu ihr hin, mit vorgerecktem Kinn, die Augenbrauen in einem Ausdruck gespielter Verblüffung hochgezogen.

»Wollen Sie das wirklich alles lesen?«

Er brach in lautes, hohes Lachen aus, beugte sich noch ein wenig weiter nach vorn und klopfte mit dem Nagel des Zeigefingers auf den Schutzumschlag.

»Das soll wohl ein Scherz sein.«

Juliette begnügte sich mit einem Kopfschütteln. Nein, das war durchaus kein Scherz. Aber sie hatte keinen anderen Weg gewusst, um potenzielle Beute in die Falle zu locken – wenn man es recht bedachte, war es eigentlich schon merkwürdig, diese Art von Vokabular zu benutzen. Sie sah sich außerstande, von einem Erscheinungsbild auf den Charakter zu schließen, Vorlieben und gar Träume zu erraten und für diese Träume die geeignete Nahrung zu finden. Genau das hatte sie Soliman nach dem Streit vor ein paar Tagen erklärt.

Gut, Streit war vielleicht ein wenig übertrieben. Konnte man von Streit reden, wenn man in seiner Handtasche wühlte – zwischen Haarbürste, einem Buch, das dort schon lange steckte, diversen Schlüsseln, dem von der Agentur und dem zum Keller der Wohnung, Handy, einem Notizheft mit Gekritzel und endlosen To-do-Listen –, um für einen Mann, der hemmungslos schluchzte, ein zerknittertes, aber wenigstens sauberes Taschentuch zu finden?

Nein, rief Juliette sich zur Ordnung. Jetzt denkst du dir gerade einen Roman aus und übertreibst.

Noch einmal ganz von vorn.

Sie hatte ihm alles geschildert, so wie er es verlangt hatte: den abgewinkelten Flur und das Badezimmer, dunkel, feucht und im Verhältnis zu den anderen Zimmern übertrieben geräumig, die Badewanne mit den Löwenfüßen, die Rostspuren, Chloés Vorschläge und ihre Weiterbildung zum Thema *Home Staging*, die Topfpflanze, den Paravent, und schließlich hatte sie ihm von dem Buch erzählt. Und von ihrem Überraschungserfolg: Die Kunden hatten bereits den Vorvertrag für den Kauf unterschrieben, sie hatten nicht einmal Geld leihen müssen, sondern die Summe bar bezahlt, und sich schon für ein Handwerksunternehmen entschieden, das die ersten Arbeiten übernehmen sollte. Und sie wirkten überglücklich.

Und an dieser Stelle trocknete Soliman, der ihr äußerst aufmerksam zugehört hatte, ohne sich jedoch irgendetwas aufzuschreiben, mit einer fast beiläufigen Geste eine glänzende Spur auf seiner Wange – ohne das harte Licht der Lampe, deren grüner Schirm sich etwas nach oben geschoben hatte, wäre sie Juliette gar nicht aufgefallen.

Aber die darauffolgende konnte sie dann auf keinen Fall ignorieren. Und weitere Tränen folgten ihr, sanft und langsam rollten sie über seine Haut und bildeten, sobald sie in Kontakt mit seinem Zweitagebart kamen, eine dünne Schicht, die er sich erst gar nicht mehr wegwischte.

»Ich begreife nicht«, murmelte Juliette. »Stimmt etwas nicht? Ich wollte …«

Na, es war doch wohl mehr als deutlich zu sehen, dass hier etwas nicht stimmte. Sie hatte – wie üblich – alles falsch gemacht.

Also hatte sie auf seinem Schreibtisch ihre Tasche ausgeleert, um ein Paket Papiertaschentücher zu suchen, war schließlich fündig geworden und hatte ihm eins gereicht.

»Das tut mir so leid, wirklich.«

Ihr fiel nichts ein, was sie hätte sagen können.

»Wirklich, so leid«, wiederholte sie.

»Hören Sie auf.«

»Ich bin nicht so intelligent wie die Frau, die Selbstmord begangen hat, verstehen Sie? Oder wie Ihre anderen Kuriere, ich kenne sie ja nicht einmal, was weiß ich. Ich bin nicht in der Lage, den Charakter einer Person zu erraten, nur weil ich sie während einer Fahrt in der Metro beobachte. Und ich kann den Leuten nicht den ganzen Tag lang folgen, sonst verliere ich meine Arbeit. Und wie soll ich dann aber wissen, welches Buch sie brauchen?«

Er hatte sich energisch die Nase geputzt.

»Was Sie da sagen, ist dummes Zeug«, krächzte er.

»Da haben Sie's …«

Und dann waren sie in Gelächter ausgebrochen, in ein unkontrolliertes, ansteckendes und ausgelassenes Lachen. Nach vorn gebeugt, die Hände zwischen die Knie geschoben, lachte Juliette, bis ihr die Tränen kamen. Soliman hatte sich gar mit beiden Händen am Lampenständer festgehalten, schluchzend vor Lachen, und irgendwann glitt der Lampenschirm von dem leichten Rütteln nach unten und verschattete sein Gesicht grün.

»Sie … Sie sehen … ja aus wie ein Zombie«, brachte die junge Frau mit Mühe hervor und konnte ihre Füße nicht mehr stillhalten, so sehr hatte sie die Beine angespannt.

War das wunderbar, so zu lachen, mit offenem Mund und ausnahmsweise einmal, ohne sich Gedanken darüber zu machen, ob man lächerlich wirkte. Vor Lachen zu schreien und zu schluchzen, sich den Speichel abzutrocknen, der übers Kinn rann, und wieder von vorne anzufangen.

Sie lachten noch immer, als Zaïde das Büro betreten hatte, sorgsam die Tür hinter sich schloss, sich dann umwandte und sie ernst ansah.

Sie hielt ein Buch gegen ihre Brust gedrückt – und ihre Hände, fiel Juliette auf, die mit einem Schlag aufhörte zu lachen, waren eine feine, zierliche Miniaturausgabe der väterlichen. Sie hielten den Band mit dem gleichen achtsam liebkosenden Griff, mit der gleichen Behutsamkeit. Jeder ihrer rosigen Fingernägel, fast wie Perlmutt, war ein kleines Wunderwerk.

Aber etwas anderes beanspruchte ihre Aufmerksamkeit.

Das Buch von Zaïde war in dicke Pappe eingeschlagen, leicht gewellt und sattgrün, und darauf waren sorgfältig Buchstaben aus rotem Wollfilz geklebt – auch wenn sie hin und wieder ein wenig aus der Reihe tanzten.

Und diese Buchstaben bildeten die Sätze:

Dieses Buch ist wunderbar.

Es macht Sie intelligent.

Es macht Sie glücklich.

= 10 =

»Das soll wohl ein Scherz sein«, wiederholte der Typ in seinem zu engen Anzug.

Juliette schaute zu dem belustigten Gesicht auf, rief sich Zaïde in Erinnerung und versuchte die aufmerksame Ernsthaftigkeit nachzuahmen, die auf dem Gesicht des Mädchens gelegen hatte, sie war davon überrascht gewesen, dann erwiderte sie:

»Nein, ganz und gar nicht.«

»Sind Sie … gehören Sie … einer Gruppe an, will sagen, einer Art Sekte, ist es das?«

Bei diesem Wort zuckte die junge Frau innerlich zusammen, gerade so, als habe eine kratzige Feder sie gestreift, kaum wahrnehmbar und doch nachdrücklich genug, um sie in Alarmbereitschaft zu versetzen.

Eine Sekte. War ihr nicht der gleiche Gedanke gekommen, als sie der Lagerhalle einen zweiten Besuch abstattete? Vielleicht sogar beim allerersten Mal, als sie ihren Fuß über die Schwelle gesetzt hatte? Eine Sekte, eine Art Gefängnis ohne Gitter und Schlösser, da blieb etwas auf der Haut kleben, drang in einen ein, und man stimmte zu, und zwar nicht unter Druck, sondern ganz im Gegenteil geradezu erleichtert und begeistert, man hatte das Gefühl, endlich eine Familie gefunden zu haben, ein Ziel, etwas Solides, das nicht gleich zerbröselte oder sich in Luft auflöste, einfache, klare Wahrheiten – so wie die Worte, die Zaïde Buchstabe für Buchstabe ausgeschnitten und anschließend auf den Umschlag ihres Buches aufgeklebt hatte, oder besser, ihrer Bücher, und zwar auf alle, die sie mochte, wie sie erläutert hatte.

»Weil es ganz schön schwerfällt, jemand anderem zu erklären, warum einem ein Buch gefällt. Ich schaffe das nicht immer. Wenn ich manche Bücher ausgelesen habe, fühle ich mich … ich weiß auch nicht. Sie lassen mich nicht mehr los, aber ich weiß nicht, wie ich es ausdrücken soll. So hingegen sage ich alles in ein paar Worten, und die Leute sollen die Bücher einfach selber lesen.«

Sie hatte ihrem Vater einen leicht abschätzigen Blick zugeworfen.

»Also, ich laufe bestimmt niemandem nach. Nachlaufen ist eigentlich nicht das richtige Wort, denn manche Leute rühren sich ja kaum vom Fleck.«

Soliman hatte ihr über den Schreibtisch hinweg seine Hand gereicht.

»Ich weiß genau, was du meinst, meine Kleine.«

Seine Stimme war ganz ruhig, das rechte Augenlid zuckte leicht, ein nervöser Tic. Zaïde war rot geworden, und Juliette konnte nicht anders, sie verfolgte bewundernd, wie das Blut unter der blassen Haut langsam nach oben kroch, vom Hals hinauf zu den Schläfen bis zu den Augenwinkeln, in denen bereits Tränen standen.

»Entschuldige, Papa. Das war gar nicht nett, das war gar nicht nett!«

»Nein«, antwortete Juliette mit einem Nachdruck, der sie selbst erstaunte. »Ich gehöre keiner Sekte an. Ich mag Bücher einfach, das ist alles.«

Manche Menschen mag ich dagegen nicht, hätte sie noch hinzufügen können. Genau das dachte sie nämlich in jenem Augenblick, während sie ihn ansah. Zwischen den Lippen sprangen gelbliche, weit auseinanderstehende Schneidezähne hervor, das bringt Glück, heißt es, er war so, wie man sich traditionell pralle Lebensfreude vorstellte, dick, rosig, selbstzufrieden und ein bisschen herablassend. Chloé hätte sofort die passende Schublade für ihn gefunden: »Ein richtiges Schwein, dieser Typ, lass ihn einfach links liegen.«

»Wollen Sie es haben?«, fuhr Juliette fort.

Sofort trat anstelle des selbstgewissen Lächelns ein Ausdruck von Misstrauen auf das rosige Gesicht ihres Gegenübers.

»Nein, nein, so was interessiert mich nicht. Ich habe auch gerade kein Kleingeld, und …«

»Ich will es Ihnen nicht verkaufen. Ich schenke es Ihnen.«

»Wollen Sie damit sagen, dass das Buch umsonst ist?«

Er schaute verblüfft. Und gierig. Fuhr nervös mit der Zunge über seine schweren Lippen und blickte sich um, nach links, nach rechts, dann beugte er sich zu ihr vor. Juliette wurde von einer Welle Aftershave überrollt, sie hielt die Luft an.

»Das ist ein Trick«, entschied er unvermittelt und ballte die Hände auf seinen Schenkeln zu Fäusten. »So läuft das doch immer, wenn etwas umsonst ist. Gleich fragen Sie mich nach meiner E-Mail-Adresse, und ich werde bis zum Ende dieses Jahrhunderts mit Spam bombardiert.«

»Am Ende des Jahrhunderts liegen Sie schon lange unter der Erde«, berichtigte Juliette ihn mit sanfter Stimme. »Und ich will Ihre E-Mail-Adresse nicht, auf keinen Fall. Ich gebe Ihnen das Buch, steige an der nächsten Station aus, und Sie vergessen mich.«

Sie klappte das Buch zu und legte es auf ihre beieinanderliegenden Handflächen, die sie ihm entgegenstreckte.

»Sie müssen mir nichts dafür geben, es ist umsonst«, sagte sie und sprach jede Silbe so überdeutlich aus, als rede sie mit einem Kind, das etwas schwer von Begriff ist.

»Umsonst«, wiederholte er ihre Worte.

Er wirkte wie betäubt, fast erschreckt. Dann streckte er seine Hände aus und nahm das Buch entgegen. Kühle Luft strich über Juliettes leere Handflächen, die Metro war unterdessen in den Bahnhof eingefahren.

»Auf Wiedersehen.«

Er erwiderte nichts. Sie stand auf, schob den Riemen ihrer Tasche über eine Schulter und ging hinter einer Frau, die ihr Kleinkind in einem Tuch an ihrer Brust trug, auf die Tür zu. Zwei schwarze Äuglein starrten sie unter einer Mütze mit drei Bommeln, rot, gelb und violett, über die Schulter der Mutter hinweg an.

»Kuckuck«, sagte Juliette gerührt.

Anderer Leute Kinder machten sie immer traurig, die Mütter dagegen erschreckten sie – viel zu selbstsicher, zu kompetent, nach ihrer Selbsteinschätzung war sie selbst das glatte Gegenteil.

Die kleine Nase kräuselte sich, die Augen blinzelten kaum wahrnehmbar. Dieser Blick. Wie hielt man den bloß den ganzen Tag lang aus, diese unablässige Frage, warum, warum, warum. Diese unerschütterliche Neugier. Diese Augen, weit aufgerissen wie hungrige Mäuler.

Dazu vielleicht diese Wut, dass man in die Welt gesetzt worden war. *Diese Welt.*

Auf dem Bahnsteig ging sie ein paar Schritte und wandte sich dann um. Der Typ starrte immer noch auf das geschlossene Buch. Eine Hand lag flach auf den Umschlag. Hatte er etwa Angst, dass es sich von selbst öffnen könnte? Dass Monster oder Schimären daraus aufsteigen könnten, etwas sehr Altes, Gefährliches, etwas, an dem er sich verbrannte? Oder etwas gar zu Unvertrautes, dem er sich lieber nicht stellen wollte?

Juliette sah ihn in der anfahrenden Metro an sich vorübergleiten, immer noch regungslos und leicht nach vorn gebeugt.

Sein Profil. Der feiste Nacken, an dem die Rasur Spuren hinterlassen hatte. Ein Mensch.

Ein Leser?

= 11 =

»Willst du mir endlich sagen, was du da machst?«

Chloé hatte sich, die Arme vor der Brust verschränkt, vor Juliettes Schreibtisch aufgepflanzt. Ihre Körperhaltung machte deutlich, dass sie sich nicht wegrühren würde, bevor sie eine Antwort erhalten hatte.

»Wovon redest du?«

Es war ein jämmerlicher Versuch, Zeit zu gewinnen, das war Juliette bewusst. Vielleicht ein paar Sekunden. Nicht einmal das, denn ihre Kollegin schob sofort nach:

»Mit diesen blöden Büchern, die du in deiner Schublade ansammelst. Und dieser ganzen zerschnittenen Pappe, die ich im Papierkorb gefunden habe.«

Wieder wich Juliette einer direkten Antwort aus.

»Ich bin davon ausgegangen, dass sie jeden Abend geleert werden.«

Chloé ließ ihre Handkante wie bei einem Zweikampf abrupt nach unten durch die Luft sausen und machte damit klar, dass das keine Antwort auf ihre Frage war.

»Ich warte.«

Und weil Juliette auch darauf nichts sagte, brauste sie auf.

»Willst du etwa mehr Verkäufe verbuchen als ich? Hast du diese Geschichte perfektioniert?«

»Welche Geschichte denn?«, fragte Juliette nach, obwohl sie sehr gut wusste, worauf ihre Kollegin anspielte.

»Na, dieses *Home Staging*. Dieses komische Buch auf dem Badewannenrand. Ich will dich nur daran erinnern, dass das meine Idee war. Und du hast überhaupt kein Recht, die für dich zu benutzen.«

Sie war nicht wiederzuerkennen, die Nasenflügel verengt, blass und mit zwei roten Flecken auf den Wangen, als habe sie in aller Eile zu dunkles Rouge aufgetragen. Ihre Fingerspitzen hatten sich in das weiche Fleisch ihrer Arme gegraben, und die sorgfältig manikürten und lackierten Nägel hinterließen dort kleine blassrosa Halbmonde. Juliette musterte sie, als sehe sie Chloé zum ersten Mal; Angst und Groll hatten ihre hübsche Maske zerstört, und Juliette hatte eine Ahnung, wie sie wohl in dreißig Jahren aussehen würde, wenn das Leben ihr diesen Groll und diese Angst in die Gesichtszüge geprägt hatte, unübersehbar und unwiderruflich.

Hässlich. Trist.

Mitleiderregend.

»Ach, Chloé!«

Sie war den Tränen nahe, wäre am liebsten aufgestanden und hätte sie in ihre Arme genommen, sie darin gewiegt und von einem Schmerz befreit, von dem sie nichts wusste – wie vielleicht Chloé selbst.

»Ich warne dich.«

Chloé machte auf dem Absatz kehrt und marschierte zu ihrem Schreibtisch, wo sich Girlanden aus Post-it-Zetteln um den Lampenständer wanden und auf dem Computer rosafarbene Hasenohren thronten. Ein Geschenk von einem Kunden, der ein Auge auf sie geworfen hatte, verkündete Chloé an dem Tag, an dem sie die Ohren angebracht hatte, sie waren steif und hatten die Farbe von zu süßer Zuckerwatte. Mittlerweile war das Rosa verblasst, der verstaubte Plüsch in sich zusammengesunken, und die Ohren neigten sich wie verblühende Iriskelche nach unten und warfen lange Schatten auf den Bildschirm.

Chloé marschierte, wie man in den Kriegsfilmen aus den Fünfzigerjahren an die Front zog, mit großen Schritten, erzwungener Entschlossenheit und einem Schwung, der von bevorstehender Gefahr und der Möglichkeit des Scheiterns beflügelt war. Sie hielt an einer Rivalität fest, die gänzlich eingebildet war, und verwandelte sie in eine Schlacht, die sie um jeden Preis gewinnen wollte.

Juliette senkte den Kopf über die Akte, die aufgeschlagen vor ihr lag, die Kehle war ihr wie zugeschnürt. Sie hatte seit einiger Zeit das Gefühl, dass das Leben ihr entglitt, sich ihr entzog wie unzählige Sandkörner, die durch einen fast unsichtbaren Spalt rieselten und mit ihnen unzählige Bilder, Farben, Düfte, kleine Verletzungen und Liebkosungen, winzige Enttäuschungen und vielleicht ebenso viele Tröstungen … Übrigens hatte sie ihr Leben niemals wirklich gemocht, eine langweilige Kindheit war in missmutige Teenagerjahre übergegangen, und mit neunzehn hatte sie dann mit einem Mal an den Blicken der anderen entdeckt, dass sie hübsch war – vielleicht. An manchen Tagen. Sie besaß Anmut, etwas Tänzelndes, Luftiges, das den Stunden des Lebens Leichtigkeit verlieh und sie gleichsam unberührt ließ von den Dramen und der wachsenden Düsternis des Weltgeschehens, jedenfalls hatte ihr das ihr erster Liebhaber eines Abends ins Ohr geflüstert, als sie beide ein Glas zu viel getrunken hatten.

Doch Juliette hatte sich dieser Rolle nicht gewachsen gefühlt. Und so hatte sie Gabriel verlassen, der dann allein zu viel trank und durch die Kneipen ziehend nach der Frau suchte, oder vielmehr nach einem Mythos, dessen luftig schwerelose Qualitäten sein Leben erträglich machen sollten. Und so hatte sie weiter die Deprimierten um sich versammelt, die Aggressiven, Übellaunigen und die Willensschwachen, denen jede persönliche Katastrophe und alle darauffolgenden Schicksalsschläge gelegen kommen. Sie hatte sie aufgespürt, diese selbstgefälligen Opfergestalten, und irgendwann vor ihnen das Weite gesucht, hatte sie dabei beobachtet, wie sie sich in ihre künstliche Verzweiflung hineinsteigerten, auf die gleiche Weise, wie sie den Spinnen zusah, die sie schweren Herzens in ihrer Dusche ertränkte. Ausgerechnet sie sollte etwas tänzelnd Luftiges haben? Wie eine Ballerina, die sich auf ihren geschundenen Zehen, die Nägel blutend, mit einem Lächeln auf den Lippen um die eigene Achse drehte? Selbst dieser Vergleich kam ihr überheblich vor, so eitel war sie nicht, sie tat nicht so, als stünde sie über der Gleichförmigkeit des Alltags, zerplatzten Träumen und verlorenen Illusionen, nicht einmal um den Preis kalkulierter Leiden. Alles Luxussorgen, dachte sie mitunter bei sich, wenn sie ihr zwar beengtes, aber doch bequemes Leben mit wirklicher Not verglich, die sie höchstens mal mit Blicken streifte.

Luxussorgen, kleine Freuden. Wenn im Alltag alles so lief, wie es sollte: Wenn der Kaffee morgens schmeckte, empfand sie unterschwellige Dankbarkeit, ebenso wenn der für die laufende Woche angekündigte Regen nur nachts fiel. Oder wenn in den Nachrichten mal weniger von Toten und Katastrophen die Rede war oder nachdem ihr gelungen war, den Fleck von Rotem Pesto, der laut Chloé nie wieder herausging, von ihrer Lieblingsbluse zu entfernen. Oder wenn der letzte Woody-Allen-Film richtig gut war …

Und außerdem gab es da noch die Bücher. In Zweierreihe hintereinander in das Regal im Wohnzimmer geklemmt, zu beiden Seiten des Bettes aufgestapelt und unter den beiden Tischchen – Erbstücke der Großmutter, jener Großmutter mit der Glühwürmchengeschichte, sie hatte ihr ganzes Leben in einem Bergdorf verbracht, in einem Haus, dessen Wände so schwarz waren wie erkaltete Lava. Bücher im Badezimmerschrank, zwischen Hygieneartikeln und den Klopapierrollen in Reserve; Bücher auf einem Regal in der Toilette und in einem großen eckigen Wäschekorb, dessen Griffe seit ewigen Zeiten kaputt waren; Bücher neben dem Stapel von den Tellern, die sie besaß, Büchertürme am Eingang, hinter dem Garderobenständer. Juliette nahm hin, dass der Raum, der ihr blieb, immer kleiner wurde. Sie leistete keinen Widerstand, sondern schob höchstens einmal das ein oder andere Buch in die Schreibtischschublade, wenn sie ein paar Mal über das gleiche gestolpert war, weil es von seinem Platz auf einem Stapel oder aus dem Regal gefallen war, was in ihren Augen bedeutete, dass dieses Buch sie verlassen wollte, auf jeden Fall aber ihre Wohnung nicht mehr ausstehen konnte.

Sonntags stöberte Juliette auf Flohmärkten, denn sie empfand wortlose Pein angesichts der Kisten, in die man die ausrangierten Bücher wahllos geworfen hatte, ohne Gefühl, fast mit Abneigung. Niemand wollte sie haben. Die Leute waren gekommen, um Secondhand-Mode zu erstehen, Nippes aus den Siebzigerjahren oder funktionierende Haushaltsgeräte. Mit den Büchern konnten sie nichts anfangen. Und so kaufte Juliette sie auf, füllte ihre Bude mit Bänden aus unterschiedlichsten Reihen, mit Kochbüchern, Bastelbüchern und erotischen Krimis, die sie eigentlich nicht mochte, nur um sie mal in der Hand zu halten und ihnen ein bisschen von ihrer Aufmerksamkeit zu schenken.

Eines Tages hatte sie einen winzigen Secondhand-Buchladen betreten, der sich an irgendeinem Platz in Brüssel zwischen eine Apotheke und eine Kirche zwängte. Es war ein verregnetes, tristes Wochenende, die Touristen hatten der Stadt nach den Attentaten den Rücken gekehrt. So war sie in den Königlichen Museen der Schönen Künste, eine wahre Schatzkammer der holländischen Malerei, fast die einzige Besucherin gewesen; die Gemälde schlummerten unter der hohen Verglasung, durch die spärlich das Tageslicht fiel. Später, als sie sich etwas aufwärmen wollte, war sie an mehreren Cafés vorbeigelaufen, hatte von einer heißen Schokolade geträumt und war vor einer Außentreppe mit drei, in der Mitte ausgetretenen Stufen stehen geblieben. Eine Kiste mit verbilligten Büchern hatte ihre Aufmerksamkeit erregt – sie stand auf einem Gartenstuhl und war durch einen riesigen roten Schirm, den man an der Stuhllehne festgebunden hatte, vor dem Regen geschützt. Doch die Kiste enthielt nur Werke in niederländischer Sprache. Also war sie die Stufen hinaufgestiegen, hatte den altmodischen Türklopfer betätigt und die Tür aufgestoßen. Die Bücherstapel, der Staub von Papier, dieser Duft von alten Einbänden waren vertrautes Terrain für sie. Im hinteren Teil des Ladens saß an einem Tischchen ein Mann, der kaum von seiner Lektüre aufgeblickt hatte, als das Glöckchen über der Eingangstür bimmelte. Juliette stöberte eine Weile zwischen den Büchern, blätterte in einer medizinischen Abhandlung aus dem neunzehnten Jahrhundert, einem Handbuch zur Hauswirtschaft, in einem Lehrbuch zum Erlernen von Latein als lebendige Sprache, in mehreren Romanen von Paul Bourget, der sich offenbar gegen die Ehescheidung aussprach, einem Fotoband mit brasilianischen Schmetterlingen und schließlich in einem Bändchen mit einem weißen Einband, das den Titel trug: *Dreizehnte Vertikale Poesie*, eine zweisprachige Ausgabe. Vertikal, das ist ja interessant, sind die Gedichtzeilen dann etwa nicht wie üblich horizontal gedruckt, hatte sie sich beim Aufklappen des Büchleins gefragt, tatsächlich, aber die Anordnung … Man könnte wirklich meinen …

Der Dichter hieß Roberto Juarroz, sie hatte die Gedichtsammlung auf Seite 81 aufgeschlagen, und auf dieser Seite las sie:

Wenn die Welt feiner wird,
als wär sie kaum ein Faden,

können unsere ungeschickten Hände
sich an nichts mehr klammern.

Man hat uns die einzige Übung,
die uns retten könnte nicht beigebracht:
uns an einem Schatten festhalten können.

Juliette hatte diese Zeilen wieder und wieder gelesen, ungeachtet der vielen Minuten, die verstrichen. Sie stand da, ohne sich zu rühren, und hielt das geöffnete Buch in den Händen, während draußen der Nieselregen in einen heftigen Schauer umschlug. Die Tropfen klatschten schwer gegen die Scheibe in der Tür, die in ihren Scharnieren klapperte. Der Buchhändler hinten in seinem Laden war nichts als ein gebeugter stiller Schatten, ein grauer Rücken, von einer Asche aus Eintönigkeit bedeckt, vielleicht saß er schon seit Jahrhunderten so da, seit man dieses Haus erbaut hatte, laut gemeißelter Inschrift im steinernen Giebel – wie leuchtend hob sich sein Weiß vom Rot der Ziegel ab – im Jahr 1758.

Irgendwann sagte er:

»Ihr Regenschirm.«

Juliette schreckte auf.

»Mein Regenschirm.«

»Er macht die Bücher in dem Karton vor Ihren Füßen nass. Stellen Sie ihn doch an die Tür, dann ist es bequemer für Sie.«

Kein Vorwurf, sondern eher eine Aufforderung, dennoch klappte sie das Buch zu und ging auf ihn zu, vielleicht etwas zu hastig.

»Das nehme ich«, murmelte sie und hielt ihm die Gedichtsammlung hin.

»Juarroz«, sagte er murmelnd.

Er nahm das Buch zwischen seine Handflächen und hob

den Buchblock vor sein Gesicht, schloss die Augen und lächelte wie ein Sommelier, der den Duft eines großen, soeben entkorkten Jahrgangsweins einatmet.

»Mein alter Juarroz …«

Darauf ließ er seinen Daumen zwischen zwei Seiten gleiten und strich damit auf der geöffneten Buchseite nach oben. Juliette war das Sinnliche, ja Liebevolle in dieser Geste aufgefallen, und es hatte sie verwirrt. Dann nahm er die Seite zwischen zwei Finger, blätterte sie mit einer ebenso zärtlichen Behutsamkeit um und bewegte dabei die Lippen. Schließlich hob er den Kopf und sah die junge Frau zum ersten Mal aus großen sanften Augen, die durch die dicken Gläser seiner Brille noch größer wirkten, direkt an.

»Mir macht es immer etwas aus, mich von ihnen zu trennen«, gestand er ihr. »Ich muss ihnen vorher Lebewohl sagen … Begreifen Sie das?«

»Ja«, murmelte Juliette.

»Kümmern Sie sich gut um ihn.«

»Versprochen«, hatte sie verblüfft geflüstert.

Als sie den Laden verlassen hatte, drehte sie sich nach wenigen Schritten mit einer lebhaften Bewegung zu der Ladenfront um, von der die Farbe abblätterte, die aber ihre Schätze gut verwahrte. Ein Windstoß hatte den roten Regenschirm leicht zu einer Seite geneigt, wie ein Abschiedsgruß oder eine letzte Empfehlung.

Ein Abschiedsgruß. Juliette sah sich um. Das spärlich beleuchtete Büro, von einer grauen Smogschicht verdreckte Fenster, die auf den Hinterhof hinausgingen, an den Wänden verblasste Poster und Chloé, die ihren Bildschirm gerade vorhin so gedreht hatte, dass ihre Kollegin sie nicht mehr direkt ansehen konnte. Chloé mit ihrer wilden Haarpracht und den kurzen

Faltenröcken, immer gute Laune versprühend, die aber etwas Falsches hatte. Chloé mit ihrem Lachen, das sich eben in eine Wutfratze verwandelt hatte. Chloé und ihr Ehrgeiz, Chloé und ihre Berechnung, Chloé und ihre bittere, tief verwurzelte Armseligkeit.

In Juliettes Rücken war die Wand mit den Akten, diese scheußlich gelbe Wand, bei deren Anblick es sie jedes Mal innerlich schüttelte. Und hinter der Tür saß Monsieur Bernard, der aus einer Tasse – ein Erbstück von seiner Mutter – in kleinen Schlucken etwas Heißes zu sich nahm. Ein Stück weiter entfernt, vor den Schaufenstern der Agentur, lag die Straße, Autos fuhren mit leisem Quietschen über den regennassen Asphalt, zu beiden Seiten befanden sich weitere Läden und Hunderte, nein, Tausende von Schachteln, die man Wohnungen nannte, sie wurden verkauft und gekauft, und in ihnen saßen Tausende von Unbekannten, die ihrerseits in Ehrgeiz erstarrt waren,oder vielleicht von stummem Zorn geschüttelt, aber unter ihnen gab es auch Träumer, Liebende, und verrückte Blinde, die besser sahen als alle anderen – wo hatte sie das bloß gelesen? Genau, Tausende und Abertausende Unbekannte, und sie, sie blieb inmitten des Stroms sitzen, der sie unaufhörlich umtoste, und rührte sich nicht, sie würde ausharren und sich bemühen, Chloés Wut zu dämpfen, obwohl sie genau wusste, dass ihr das niemals wirklich gelingen würde. Sie würde ausharren und dabei zusehen, wie das Leben an ihr vorüberzog, würde weiter die Energieausweise für Gebäude ausfüllen und den Rabatt auf den Verkaufspreis einer Einhundertvierzig-Quadratmeter-Wohnung in Bir-Hakeim berechnen; sie würde ausharren, und eines Tages würde sie sterben.

Alle um sie herum würden eines Tages sterben. Und sie hatte sie niemals gekannt, war niemals auf sie zugegangen und hatte sie niemals angesprochen, und sie würde niemals all die Geschichten kennen, die draußen auf dem Bürgersteig zusammen mit den Personen vorüberzogen, zu denen sie gehörten.

Mit einer mechanischen Geste schob sie zu ihrer Linken die Schreibtischschublade mit all den Büchern zu, die sie seit ihrem Eintreten in die Agentur dort hineingezwängt hatte. Eins hatte sich in der Schiene verklemmt, und die Schublade ließ sich nicht weiter schließen. Sie beugte sich hinunter und zog an einer Ecke, um es zu befreien.

Dann drehte sie das Buch um und las den Titel.

La Fin des temps ordinaires, Das Ende der Normalität, von Florence Delay.

= 12 =

»Sie haben gekündigt?«

Soliman hielt die Hände vor einem Knie verschränkt und kippelte mit seinem Stuhl. Sobald das Knie die Tischkante erreichte, stieß er sich von dort wieder nach hinten ab; worauf als nächstes das Buchregal in seinem Rücken das Schaukeln aufhielt und er wieder auf Juliette und das Lampenlicht zukippelte, das von dem grünen Schirm gedämpft wurde. Seine untere Gesichtshälfte war so immer kurz in Licht getaucht, um sofort wieder im Dunkel zu verschwinden.

Juliette gab darauf keine Antwort, denn eigentlich war es keine Frage gewesen. Sie begnügte sich damit, den Kopf zu schütteln, mit einem Nachdruck, der aber ebenfalls unnötig war.

»Ich habe ihnen ein Buch geschenkt. Bevor ich gegangen bin«, fügte sie erläuternd hinzu.

»Ein einziges?«

»Nein, eins für Chloé und eins für Monsieur Bernard.«

»Warten Sie.«

Die zwei vorderen Stuhlbeine krachten auf den Fußboden, und Soliman angelte nach seinem Heft, in dem er sofort seltsam hektisch die Seiten umblätterte.

»Welches Datum haben wir heute? Eigentlich müsste hier irgendwo ein Kalender sein, ein Terminkalender, ich weiß auch nicht …«

»Oder ein Handy«, fügte die junge Frau hinzu und unterdrückte ein Lächeln.

»Nur über meine Leiche.«

Er unterbrach sich unvermittelt, runzelte die Stirn, als sei ihm gerade etwas Unangenehmes in den Sinn gekommen, und zuckte mit den Schultern.

»Der dreizehnte Januar? Oder der …«

»Der fünfzehnte Februar«, verbesserte ihn Juliette.

»Stimmt. Wie die Zeit vergeht. Eigentlich hätte ich gestern ein Treffen in … na, egal. Lassen Sie uns fortfahren. Geben Sie mir die Adresse der Immobilienagentur, die Namen der Leser und die ungefähre Uhrzeit … Ich empfehle eigentlich immer, sich die Uhrzeit zu merken, wenn man ein Buch weitergibt. Ich halte das für wichtig.«

»Warum?«

Er schaute von seinem Heft auf, in dem er mit einem Lineal gerade eine horizontale Linie gezogen hatte. Ihr fiel auf, dass er heute blasser war als sonst und eine rote Spur über einen Wangenknochen lief. Vielleicht hatte er sich beim Rasieren geschnitten. Sein auch sonst immer zerwühltes schwarzes Haar war heute ungewöhnlich stumpf und kraftlos, so schien ihr.

»Was meinen Sie mit ›warum‹?«

»Sie wissen doch nicht einmal welcher Tag heute ist.«

»Ach ja? Na, da haben Sie sicher recht …«

Er schwieg, während sie ihm die Informationen gab, nach denen er gefragt hatte. Er hatte ihre Frage nicht beantwortet, oder nur beiläufig, und von einer unbestimmten Traurigkeit, die sie selbst nicht recht verstand, wurde ihr ganz bang ums Herz.

»Also«, fuhr er mit einem Mal fort. »Die Uhrzeit … ich weiß nicht, ob Sie das begreifen, Sie sind ja noch neu. Aber die Uhrzeit … Gibt man ein Buch um sechs Uhr morgens auf die gleiche Art und Weise weiter wie um zehn Uhr abends? Ich schreibe das alles auf, damit Sie – Sie und die anderen – bei Bedarf alles in diesem Heft nachlesen können. Um sich wieder zu erinnern. Und es wird mehr als nur eine Erinnerung sein, denn Datum und Uhrzeit sagen unendlich vieles aus: über die Jahreszeit, das Licht, und das sind nur die offensichtlichsten Details. Haben Sie damals einen dicken Wintermantel oder ein Sommerkleid getragen? Und Ihr Gegenüber? Wie war die Person gekleidet? Wie bewegte sie sich? War die Sonne bereits untergegangen? Stand sie knapp über den Dächern oder schien sie in dunkle Höfe, von denen man auf der Fahrt von einer Metrostation zur anderen kaum etwas ahnt? Stand in einem jener Höfe eine Frau am Fenster oder, nein, ein Mädchen, das der Metro beim Vorüberfahren zuwinkte, als wollte es Freunden, die auf eine sehr lange Reise gingen, viel Glück wünschen? Wenn das im Dezember war, konnten Sie hinter den Fenstern das Licht einer Lampe nur erahnen oder wie jemand schnell einen Vorhang zurückzog, und dann erschien wie ein blasser Fleck ein Gesicht …«

Bei den letzten Worten hatte sich Solimans Stimme zu einem Murmeln gesenkt. Er führte ein Selbstgespräch, wurde Juliette klar, rief sich eine konkrete Szene in Erinnerung. Eine Erinnerung, die sie nicht teilen konnte, auch wenn das Bild ihr fast anschaulicher und wirklicher vorkam als ihre Anwesenheit hier in diesem Büro.

Es geschah immer wieder das Gleiche – sobald sie diese Schwelle übertrat, überfiel sie der Eindruck, in eine Scheinwelt einzutauchen, die so war wie eine jener zauberhaften Luftspiegelungen, die in der Ferne vor Wüstenkarawanen auftauchten, zumindest hatte man ihr das als Kind so erzählt, und die in den Horizont rückten, sobald die Kamele mit den durstleidenden Reisenden näherkamen. Und sie, Juliette, hatte sich ohne Wenn und Aber auf diese Illusion eingelassen und schlug sich des Nachts mit Büchern herum, die wie Vögel von ihrem Stapel aufflogen, um über einem von hohen Mauern umstandenen

Hof zu kreisen; mit Tischen ohne Beine und Türen aus dichtem buntem Nebel; manchmal auch mit bedruckten Seiten, die entwischt waren und kreiselnd immer weiter in die Höhe schwebten, bis sie sie aus den Augen verlor ...

»Juliette«, sagte Soliman mit einem Mal. »Ich möchte Sie um einen Gefallen bitten.«

Sie blinzelte verwirrt. Hatte sie nicht gerade gesehen, wie die Bücher die Regale verließen, vielleicht hatte sie nicht einmal geträumt.

»Aber natürlich«, antwortete sie hastig. »Ich kann Ihnen gerne helfen, ich habe ja jetzt Zeit, viel Zeit sogar.«

»Das freut mich, aus reinem Egoismus.«

Er stand auf und marschierte in dem Büro auf und ab – marschieren war eigentlich nicht der richtige Ausdruck, dachte Juliette, denn um ihn herum war alles zugestellt. Eigentlich bewegte er sich eher wie ein Krebs von der Stelle, seitlich, zwei Schritte vor, ein Stück zurück, und unterwegs strich er leicht über den Umschlag eines Buchs oder legte seine Hand energisch auf ein anderes. Vielleicht drangen die Worte durch den Karton oder das Leder zu ihm durch, benetzten seine Haut und bewässerten seinen ausgezehrten Körper, der sich im Halbdunkel unsicher und langsam fortbewegte.

»Ich würde gerne wissen ... ob Sie ... vielleicht hier einziehen könnten?«

Juliette starrte ihn mit offenem Mund an. Er hatte ihr den Rücken zugewandt, aber sein Schweigen versetzte sie in Alarmbereitschaft, und er drehte sich zu ihr um und hob abwehrend die Hände.

»Es ist nicht, wie Sie denken. Ich will Ihnen alles erklären.«

Er vollführte ein paar merkwürdige Tanzschritte, mit denen er zurück zum Schreibtisch gelangte, auf dem er, die Arme vor der Brust verschränkt, seitlich Platz nahm.

»Ich muss verreisen. Für … eine gewisse Zeit.«

»Verreisen?«, wiederholte Juliette. »Aber wohin denn?«

»Das ist jetzt nicht wichtig. Wichtig ist aber, dass ich Zaïde nicht mitnehmen kann. Und ich habe niemanden, der mich hier vertreten könnte. Sie sind die Einzige, die ich darum bitten kann.«

In seinen Augen stand eine solche Angst, dass es Juliette nicht nur die Worte für eine Antwort verschlug, sondern vor allem den Atem. Ihre Kehle war sie zugeschnürt, eine langsam aufsteigende Erkenntnis, deren Schwere aber bereits auf ihnen, zwischen ihnen lastete, drohte sie zu erdrücken.

Schließlich holte sie Luft und war imstande zu fragen:

»Geht es Ihnen … gut?«

»Es wird mir wieder gutgehen. In ein paar Monaten. Da bin ich ganz sicher. Aber ich will meiner Tochter alle Sorgen ersparen. Sie soll denken, dass ich verreist bin und dass Sie hier einziehen, damit Sie sich um sie kümmern können, das ist alles.«

Er hob eine Hand, die Innenfläche der jungen Frau zugekehrt, wie um sagen: bis hierhin und nicht weiter. Keine weiteren Fragen, war in seinen Augen zu lesen.

Keine weiteren Fragen, gab Juliette ihr schweigendes Einverständnis.

»Oben an der Außengalerie, gleich neben uns, gibt es zwei unbenutzte Räume. Man muss sie streichen, aber ich habe dort irgendwann eine Dusche und eine Kochecke einbauen lassen … wenn Ihnen das so recht ist … mietfrei, selbstverständlich. Und ich zahle Ihnen für …«

»Dürfte ich mir die Zimmer zuerst ansehen? Und dann … brauche ich ein bisschen Bedenkzeit. Bis morgen. Genau, morgen gebe ich Ihnen Bescheid. Das ist doch noch früh genug für Sie?«

Er lächelte und stand auf, sichtlich erleichtert. »Ja, selbstverständlich. Ich begleite Sie.«

= 13 =

Drei Wochen später richtete sich Juliette in ihrer neuen Behausung ein. Wie Soliman ihr bereits gesagt hatte, bezogen die beiden Räume, ehemalige Ateliers, ihr Licht nur von der Außengalerie und einem engen Lichtschacht. Bis zum Anbruch der Dunkelheit herrschte in ihnen eine milchige, gleichförmige Helligkeit, welche die junge Frau sofort als beruhigend empfand. Soliman hatte in einem der Schuppen riesige Töpfe mit sattgelber Farbe und Pinsel entdeckt, die sie zwei volle Tage einweichen mussten, weil sie so hart geworden waren, und außerdem Planen, die sie über den Boden ausbreiteten, bevor sie sich ans Werk machten. Bald schon überkreuzten sich an den alten Wänden mit jedem Schritt oder vielmehr im Zuge ihrer beiläufigen Unterhaltung große gelbe Bahnen aus Farbe. Zaïde malte – mit einem Pinsel aus ihrem Aquarellkasten und einer Palette bewaffnet, auf der das Deckweiß sich klumpte, verlief und sich mit Farben vermischte, Blumen – auf die Wandleisten. Dunkelblaue Rosen mit roten Stängeln, grüne Margeriten mit lila Stempeln, schwarze Tulpen, »genau wie die, die Rosa für den armen Cornelius, den Gefangenen, angepflanzt hat«.

»Sie kennt sich mit Alexandre Dumas aus wie keine andere«, erklärte Soliman mit stolzem Lächeln.

Keine Fragen, wiederholte Juliette in Gedanken, und hätte doch so gerne gefragt. Aber so unterhielten sie sich über Farben, Blumen, die Passion für Tulpen, über orientalische Gärten, die, in Nachahmung des Paradieses, viergeteilt waren. Das Wort

Paradies stamme von dem persischen *pairidaeza* ab, erklärte ihr Soliman, und bedeute ein »zur Außenwelt hin abgeschlossener Garten«.

»Mir wäre ein Garten ohne Mauern lieber«, warf Juliette ein und bemerkte, dass die alte Jeanslatzhose, die sie am Morgen angezogen hatte, mit gelben Klecksen übersät war, ganz wie ein Feld voller Butterblumen.

»Mir gefallen Mauern«, sagte Zaïde, ohne aufzuschauen. »Da ist man geschützt.«

»Niemand will dir etwas Böses, *zibâ* (was auf Farsi *hübsch* bedeutet)«, sagte Soliman sanft.

»Du hast keine Ahnung. Du weißt nicht, wie es auf der anderen Seite der Mauer ist ... Du gehst ja nie nach draußen.«

»Irgendwie muss ich aber hier hereingekommen sein.«

»Ja«, sang Zaïde vor sich hin, »muss, muss, muss ...«

Dabei beließen die beiden es. Juliette hätte nur allzu gerne erfahren, wie Vater und Tochter hierher gelangt waren, auf welchen Wegen und woher, aus welchem Garten oder vielleicht aus welchem Krieg. Sie konnte nicht umhin, sich Geschichten über die beiden auszudenken, und ihre unverankerten, jähen Wandlungen ausgesetzten und unsicheren Schicksale machten sie umso interessanter, ebenso wie dieser Ort, ein Schiff, das in einer Flussmündung auf Sand gelaufen war, in gewisser Weise sich selbst überlassen und dennoch so voller Leben.

Immer wieder unterhielten sie sich über Bücher, über die Schauerromane von Horace Walpole und den Roman *Dubliner* von Joyce, über die fantastischen Erzählungen eines Italo Calvino und die rätselhafte Kurzprosa von Robert Walser, über das *Kopfkissenbuch* von Sei Shōnagon, die Gedichte von Garcia Lorca und über persische Dichtung des siebzehnten Jahrhunderts. Soliman legte seinen Pinsel ab, um Verse von Nezāmi zu rezitieren:

Zu wem entschwindest Du, dem Nachtgestirn gleich?
Und dieser Vers über die Schönheit, für wen war er bestimmt?
Ein Sonnenschirm aus Gestein in edlem Grau verschattet Deine Züge,
über Dir ein schwarzer Thronhimmel, über wen wirst Du jetzt herrschen?
Soll ich sagen, dass Du wie Honig bist? Honig ist nicht so süß wie Du.
Oder dass Du die Herzen erfreust? Doch welches wirst Du wunschlos glücklich machen?
Du entschwindest, und ich hauche fast meine Seele aus.
Oh, Nezāmis Schmerz …

Juliette war von diesen Worten so gerührt, dass sie vor Tränen fast nichts mehr sehen konnte und so nah an die Wand herantrat, bis ihre Nasenspitze diese fast berührte. Aber warum nur?, überlegte sie, während sie mit dem Pinsel um einen Türstock fuhr; ich bin nicht in ihn verliebt, und doch – er geht fort, auch er geht fort, und alles, das Lagerhaus, diese Räume, sein Büro werden mir ganz leer vorkommen, trotz der Stimme von Zaïde, ihrem Gesang, ihren Spielen und ihren Spielsachen, die ich auf den Stufen der Feuertreppe aufsammeln werde. Trotz der Bücherkuriere, trotz …

»Mögen Sie keine Poesie?«

Was für ein Idiot. Er hatte nichts begriffen. Sie übrigens auch nicht. Das musste an dem berühmten Menschsein liegen, diesem Päckchen, das wir bei der Geburt mit auf den Weg bekommen – im Grunde sind wir alle wie zugenagelt, für die Gefühle eines anderen völlig unzugänglich und außerstande, die Gesten, Blicke und das Schweigen zu begreifen; wir sind alle dazu verdammt, uns umständlich mit Hilfe von Worten verständlich zu machen, die niemals das Richtige aussagen.

»Aber ja, ich mag Poesie! Ich habe bloß vom Geruch der Farbe etwas Kopfschmerzen.«

Das war eine Notlüge, doch er tappte hinein, bot ihr einen Stuhl an, Wasser und Aspirin und schlug ihr vor, anschließend ein paar Schritte an der frischen Luft zu machen, was Juliette dankbar annahm. Sie trat hinaus auf die Galerie, lief dort auf und ab und betrachtete den Hof und die Häuser, die ihn an drei Seiten umstanden und fast nur blanke Fassaden zeigten. Niemand konnte sehen, was sich hier drinnen abspielte, es war ein perfekter Zufluchtsort und zwar mitten in Paris – Zufluchtsort oder Unterschlupf, nach außen hin abgeschlossen und geschützt. Und wieder überfiel sie aus dem Hinterhalt der alte Verdacht. Hatte Soliman ihr die Wahrheit erzählt, verbarg sich hinter seiner selbstgewählten Zurückgezogenheit, seinen auf den ersten Blick harmlosen Manien wirklich nichts anderes? Juliette wollte sich dieses »andere« lieber nicht ausmalen, doch so sehr sie sich bemühte, sie zu verdrängen – schreckliche Bilder von blutiger Gewalt stürmten auf sie ein, Bilder, die pausenlos auf allen Fernsehkanälen zu sehen waren, Bilder von eingetretenen Türen, vor denen sich Polizeiband spannte, und dahinter verwüstete Räume, in denen man Waffen und auch Listen mit Namen und Orten gefunden hatte. Die Nachbarn wurden befragt, er war immer so freundlich, sagte eine alte Dame, er hat mir die Aufzugtür aufgehalten und mir den Einkauf getragen.

Juliette fuhr sich mit ihren Händen übers Gesicht und merkte erst dann, dass ihre Finger voller Farbe waren; bestimmt sehe ich aus wie ein Löwenzahn, und sie lachte, es war ein nervöses Lachen, mit dem sie ihre schrecklichen Vorstellungen verscheuchen wollte, ihre Angst und alles, was ihr das Leben schwer machen würde, wenn sie nicht aufpasste. Nun komm schon,

Juliette, Terroristen zitieren keine Gedichte, sie hassen Poesie und Musik, sie hassen alles, was mit Liebe zu tun hat. Schon wieder so ein Gemeinplatz, aber sie klammerte sich daran, man kann sich den Rettungsanker nicht aussuchen, wenn man in Not ist.

»Hier, das wird Ihnen guttun.«

Er stand hinter ihr und reichte ihr einen Becher aus dunklem Glas, aus dem es leicht dampfte.

»Ein Kräutertee.«

»Vielen Dank«, murmelte die junge Frau.

Beschämt hielt sie ihre Nase in die duftenden Schwaden, schloss die Augen und stellte sich vor, sie befände sich weit, weit weg auf einem jener orientalischen Märkte, die Bomben dem Erdboden gleichgemacht hatten, in einem jener Gärten, welche nur noch in Märchen existierten. Sie nahm einen Schluck.

Soliman hatte sich mit den Ellbogen auf das verrostete Geländer der Galerie gestützt, den Blick zum Himmel erhoben, der sich langsam blasslila verfärbte.

»Bald ist es nicht mehr hell genug zum Streichen.«

»Man kann einfach das Licht anmachen«, erwiderte Juliette, ihre Stimme klang in ihren Ohren seltsam erstickt.

Er schüttelte den Kopf.

»Nein, dazu muss es taghell sein«, sagte er und legte den Kopf in den Nacken, als warte er auf strahlendes Licht.

»Soliman …«

»Wissen Sie«, sagte er, ohne sie anzusehen. »Es gibt sie immer noch, diese Gärten. Und zwar hier.«

Dabei legte er eine Hand auf die Stirn und ließ sie sofort zur Brust weiterwandern, an die Stelle, wo das Herz saß.

»Woher wussten Sie …«

»Der Tee. Wenn ich ihn trinke, muss ich immer an sie denken.«

Juliette nahm noch einen Schluck. Und während der heiße

Trank ihr die Kehle hinunterrann, spürte sie, wie sich eine seltsame Ruhe in ihr ausbreitete. Sie fühlte sich wohl und unerklärlicherweise im Einklang mit der Welt. Das bedeutete nicht, dass es auf alle Fragen mit einem Mal eine Antwort gab – wie konnten die einfachen Worte von eben, »es gibt sie immer noch«, nur eine solche Macht besitzen? Sie lebte nicht mehr in Märchenwelten und, anders als er, ebenso wenig in Bücherwelten. Jedenfalls nicht gänzlich.

Dann würde sie eben lernen, mit ihren Fragen zu leben.

= 14 =

In dem Augenblick, als der Mann mit dem grünen Hut die Bürotür aufstieß, musste Juliette niesen. Um für Besucher etwas Platz zu schaffen, hatte sie gerade die Gesamtausgabe von Balzacs *Menschlicher Komödie* in die Nähe eines Regals geräumt, das ihr ausreichend stabil erschien – zuerst musste sie von dort aber eine Krimireihe wegräumen, die sie dann auf dem Kaminsims stapeln würde; im Kamin selbst lagen bereits Reiseberichte, darunter das seltsame Werk *Travels of Ali Bey in Marocco, Tripoli, Cyrus, Egypt, Arabia, Syria and Turkey* in der Ausgabe von 1816. Der Staub in der Luft war fast mit den Händen zu greifen, und der Mann mit dem Hut streifte einen Handschuh ab und tat, als wolle er ihn beiseiteschieben wie einen Vorhang, der quer durch den Raum verlief.

»Guten Tag, Mademoiselle.« Die fistelige Stimme stand in merkwürdigem Kontrast zu seiner Leibesfülle und dem geradezu strengen Gesichtsausdruck.

Er blieb stehen und runzelte die Stirn.

»Wo ist Soliman?«

Er wirkte verblüfft, fast ein wenig verärgert. Juliette richtete sich ganz auf und wischte sich ihre Hände an der Jeans ab. Es war sinnlos, sie war von Kopf bis Fuß mit Staub bedeckt.

»Er ist für einige Zeit weggefahren«, antwortete sie ausweichend.

»Weggefahren.«

Er hatte das Wort nicht aufgegriffen, um ihr damit eine Frage zu stellen, nein, er wiederholte es lediglich und kaute darauf herum wie auf einer merkwürdigen exotischen Speise. Das tat er einige Male, ließ seinen Blick durch den Raum schweifen, und als er einen freien Stuhl entdeckt hatte, ging er darauf zu, wischte sorgsam den Staub ab und nahm Platz, dabei zog er mit zwei Fingern die Bügelfalte seiner Hose nach, damit sie auch gerade nach unten über seine Beine fiel.

»Soliman fährt nie weg.«

Es war der Tonfall einer sachlichen Feststellung.

»Ich ... Er hat ...«

Die junge Frau zupfte verlegen am Saum ihrer Ärmel. Sie trug einen roten Pullover, der vielleicht ein wenig zu lang war und ziemlich abgetragen. Sie hatte ihn am Morgen aus einem Stapel gezogen, weil sie Trost brauchte. Seit Soliman weggefahren war, hatte es unentwegt geregnet; Zaïde war erkältet und schlecht gelaunt; im Hof hatte die Kanalisation versagt, und seitdem stank es nach faulen Eiern. Der rote Pullover hatte ihr, als sie sich in dem kleinen Spiegel neben der Dusche betrachtete, ein wenig wärmende Zuversicht gespendet. Doch jetzt, in diesem Augenblick, war er ihr keine Hilfe bei ihrer Schüchternheit.

Sie kniff sich heimlich in das Fett an ihren Armen.

Der Mann mit dem grünen Hut. Der aus der Metro, mit seinen Insekten und den knisternden Buchseiten.

Hier saß er nun, im Büro, inmitten der mitunter heiklen Gebilde aus Buchrücken und Buchblöcken, die bunt waren, beziehungsweise in allen Schattierungen von Elfenbein, von gebrochenem Weiß bis zu Blassgelb. Wie er leibte und lebte.

Es war, als habe sich eine Romanfigur aus dem Text gestohlen, um sie direkt anzusprechen.

»Er hatte einiges ... zu regeln«, erklärte sie umständlich. »Außerhalb von Paris. Ich vertrete ihn, aber natürlich nur vorübergehend.«

Meine Güte, fiel ihr wirklich nichts Besseres ein als nichtssagende Worte? Sie verfiel in Schweigen, die Wangen heiß und rot, und vertiefte sich in den Anblick ihrer Turnschuhe, die zwar abgetragen, aber bequem waren und deshalb genau richtig für Tage, an denen sie sich ans Aufräumen machte. Um ganz ehrlich zu sein, hatte sie seit ihrem Einzug ihre Zeit fast ausschließlich mit Aufräumen verbracht. Sie fühlte sich von all den Büchern umzingelt, überwacht, ja fast angegriffen – wie waren sie überhaupt hierhergelangt? Aus welcher unerschöpflichen Quelle stammten sie und ließen die Türme, Pfeiler, Haufen und Kisten mit jedem Tag anwachsen? Sobald sie ihre Nase vor das große Eisentor steckte, lagen dort neue Bücher – sie stolperte über riesige ausgebeulte Einkaufstaschen, Körbe, übervoll und bisweilen unter ihrer Last aufplatzend, über Stapel, die mit Bindfäden zusammengehalten wurden, breiten Gummibändern und ein oder zwei Mal gar von einem roten Band, das dieser Sammelstelle sofort etwas Altmodisches gab, fast wie aus einem Roman.

Genau, wie aus einem Roman. Alles hier war wie aus einem Roman, bald zu sehr, sie hielt das nicht mehr lange aus, ein weniger exklusives Ambiente, in dem sich nicht ganz so viel Wissen, Geschichten, Intrigen und ausgefeilte Dialoge ballten, wäre ihr lieber gewesen, das alles brach mit einem Mal unter Schluchzen aus ihr heraus, und der Mann mit dem grünen Hut nahm fassungslos seine Kopfbedeckung ab, klopfte ihr ungeschickt auf die Schulter, schloss sie schließlich in seine Arme und wiegte sie wie ein Kind.

»Das wird schon wieder, das wird schon wieder«, wiederholte er wie ein Mantra.

»Nein«, schniefte Juliette. »Ich kriege nichts hin. Soliman hat mir vertraut, und ich bringe nichts zustande. Nicht mal aufräumen kann ich … Ich meine, das hier.«

»Aufräumen?«

Er fing an zu lachen. Es klang merkwürdig, wie eingerostet. Vielleicht hatte er seit Langem nicht mehr gelacht, überlegte Juliette und kramte in ihren Taschen nach einem Papiertaschentuch. Sie trocknete sich die Augen, putzte sich energisch die Nase und richtete sich auf.

»Tut mir leid.«

»Warum?«

»Na ja ... weil ... wir uns nicht gut kennen. Sie müssen mich für völlig hysterisch halten.«

Über das flächige Gesicht des Mannes breitete sich ein Lächeln aus, es wanderte bis in die Augen, auch wenn ihr leuchtender Blick unter den blassen, feinen und von roten Pünktchen übersäten Lidern fast nicht zu sehen war.

»Sie täuschen sich, junge Dame. Erstens halte ich Sie überhaupt nicht für hysterisch, wie Sie unbesonnen behaupten. Ich nehme Ihnen das übrigens nicht übel, wir können niemals den vollen Sinn der Worte begreifen, die wir zur Beschreibung unserer Symptome oder Leiden wählen. Zweitens, denn ein Drittens gibt es nicht, kennen wir uns sehr gut. In Wahrheit sehr viel besser, als Sie denken. Wissen Sie«, fügte er hinzu, »Sie sind nämlich nicht die Einzige, die sich dafür interessiert, was andere Leute in der Metro lesen.«

= 15 =

Eine halbe Stunde später teilten sich Juliette und Léonidas – er hieß tatsächlich so, und bei seinem Vornamen musste sie unwillkürlich an Unmengen von Schokolade, Gelierfrüchte und Schokolade-Vanille-Schnitten denken – ein Croissant mit Marzipanfüllung, das vom Frühstück übriggeblieben war, und tranken dazu Instantkaffee. Die junge Frau wagte sich nicht an Solimans komplizierte Erfindung, mit der er den schwarzen Nektar herstellte, von dem er täglich mindestens ein Dutzend Tassen trank. Wer den grünen Hut sah, der auf einem Stapel von englischen Romanen lag, den Mantel – er hing an einem Garderobenständer, der, weil ihm ein Fuß fehlte, von den ungeliebten Werken einer amerikanischen Bestsellerautorin gestützt wurde – und die bläulichen Rauchschwaden, die sich unter der Decke des Raums kräuselten, hätte ohne Weiteres den Besucher für den eigentlichen Bewohner halten können, und Juliette für eine nervöse und übereifrige Praktikantin.

»Ich muss das hier alles sortieren«, verkündete sie. »Ich komme sonst nicht mehr klar. Wenn die Kuriere vorbeikommen, drücke ich ihnen eine Tasche mit Büchern in die Hand, die ich hier und da herausgefischt habe … Ich kann mich ja nicht einmal frei bewegen. Ich habe den Eindruck, alles falsch anzufangen … Ich … ich habe keine Ahnung, wie Soliman vorgeht. Ich meine, wie er die Bücher aussucht.«

Léonidas ging nicht auf die Frage ein, die sich dahinter verbarg; er dachte nach, die Stirn in Falten gelegt, zog an seiner Pfeife und paffte immer dichtere Rauchschwaden.

»Das Problem, meine Kleine, liegt nicht darin, wie er sie ausgewählt, sondern nach welcher Ordnung er sie sortiert hat. Und auf welche Weise die Bücher sich ihrerseits auf die Reise gemacht haben.«

Sie verbrachten den späten Nachmittag damit, das Büro und das geräumige Nebenzimmer zu erforschen, in das sich Juliette bislang nicht gewagt hatte. Es war ein riesiger Raum mit nackten Wänden; durch zwei hochgelegene längliche Fenster, die man mit einer Zugkette öffnen konnte, fiel Tageslicht herein. Doch das Glas war derart verdreckt, dass man in dem Raum gerade genug sah, um sich nicht gegenseitig auf die Füße zu treten.

Es gab keine Regale, nicht einmal die behelfsmäßigen aus Obstkisten, die Soliman offenbar so gerne mochte. Es gab nichts als Bücher. Bücher, die sich hintereinander in Zweier-, Dreier-, ja mitunter Viererreihen an den Wänden hinzogen. Die Mitte des Raums war leer.

Léonidas nickte zwei Mal und stieß paffend eine riesige Rauchwolke aus. Juliette eilte ans nächstgelegene Fenster und zog an der Kette, um wenigstens ein bisschen frische Luft hereinzulassen.

»Ein roter Faden.«

Diesmal hatte sie sich wirklich bemüht, dass es nicht nach einer Frage klang, sonst hätte dieser Liebhaber von antiquarischen Schätzen tatsächlich annehmen müssen, sie besäße ein Spatzenhirn.

»Wie man Bücher ordnet«, sagte Léonidas, »ist mindestens genauso interessant wie die Bücher selbst, müssen Sie wissen. Ich kannte mal einen Mann …«

Er besann sich und fuhr dann fort:

»Vielleicht habe ich ihn nicht wirklich gekannt. Sagen wir so, ich habe ein Buch gelesen, in dem er die Hauptfigur war – aber ist das nicht eine ausgezeichnete Art, um jemanden kennenzulernen? Vielleicht sogar die beste. Jedenfalls stellte dieser Mann nur sehr ungern die Bücher von Autoren, die einander auf den Tod und über den Tod hinaus nicht leiden konnten, in dasselbe Regal … Wussten Sie eigentlich, dass Erasmus von einem Richter in Verona dazu verurteilt wurde, einhundert Goldmünzen an die Armen zu verteilen, weil er Cicero verspottet hatte? Shakespeare und Marlowe warfen einander Plagiat vor, Céline nannte Sartre ›ein Stück Dreck‹, für Vallès war Baudelaire ein ›Aufschneider‹. Flaubert urteilte über Balzac scharfzüngig: ›Was für ein großer Mann wäre Balzac gewesen, hätte er nur schreiben können.‹ Die Schriftstellerei war niemals eine Gewähr dafür, nicht eifersüchtig, schäbig oder vulgär wie ein Straßenmädchen zu sein – wenn Sie verzeihen. Üblicherweise drücke ich mich nicht so aus, aber in diesem Fall fällt mir kein anderes Wort ein.«

Juliette sah ihn aus dem Augenwinkel an und musste lachen. Dieser Mann tat ihr gut. Er war belesen und friedfertig, ein Onkel, von der Sorte wie er in alten Romanen vorkommt – sie nehmen einen auf den Schoß und lassen einen als kleines Mädchen mit der Kette ihrer Taschenuhr spielen, und Jahre später helfen sie mit einem Alibi aus, wenn man nachts nicht nach Hause kommt. Sie hätte ihn gern früher gekannt.

Er sprach von Büchern, als wären sie lebendig – alte Freunde oder mitunter fürchterliche Gegner, manche gaben sich wie jugendliche Rowdies, andere wie alte Damen, die beim Schein des Feuers ihrer Stickerei nachgingen. In einer Bibliothek gab es seiner Meinung nach mürrische Gelehrte, Verliebte, entfesselte Furien, potenzielle Mörder, und zarte Jünglinge reichten zerbrechlichen jungen Mädchen die Hand, Mädchen, deren Anmut mit jeder wortreichen Beschreibung mehr zerfiel. Manche Bücher waren wie stürmische, undressierte Pferde, die mit einem davongaloppierten, während man sich klopfenden Herzens an ihre Mähne klammerte. Andere glichen Booten, die des Nachts friedlich bei Vollmond über einen See glitten. Wieder andere waren wie Gefängnisse.

Er erzählte ihr von seinen Lieblingsschriftstellern, von Schiller, der mit dem Schreiben erst beginnen konnte, wenn er faulige Äpfel in die Schublade seines Schreibtischs gelegt hatte und der seine Füße in eine Wanne mit eiskaltem Wasser stellte, um sich über Nacht wachzuhalten. Von Marcel Proust, der so begeistert von Mechanik war, dass er ein Patent für einen »nicht herauszubolzenden Bolzen« einreichte. Von Gabriel García Márquez, der während seiner Arbeit an *Hundert Jahre Einsamkeit*, um zu überleben, sein Auto, sein Heizgerät, seinen Mixer und seinen Haartrockner verkaufte. Er sprach über grammatische Angleichungsfehler bei Apollinaire, Balzac, Zola und Rimbaud, Versehen, die er ihnen bereitwillig nachsah und sogar mit einem gewissen Genuss zitierte.

»Ich liebe Ihre Geschichten«, sagte Juliette irgendwann. Es war schon lange dunkel, Zaïde hatte sicher Hunger, und sie selbst verspürte ein unangenehmes Magengrummeln. »Aber ich kann nicht sehen, wo der, wie Sie es nennen, rote Faden beginnt. Ich weiß immer noch nicht, wo ich anfangen soll. Bei den Schriftstellern, die Grammatikfehler machen? Bei denen, die einem Hobby nachgehen oder eine Veranlagung zum Wahnsinn haben? Bei solchen, die das Reisen lieben, die sich lieber nicht vom Fleck rühren oder sich von der Welt zurückziehen?«

Léonidas kaute auf dem Mundstück seiner Pfeife, in dessen Rauchkammer schon lange kein Tabak mehr war, und schüttelte seufzend den Kopf.

»Ich weiß es, ehrlich gesagt, auch nicht. Aber das macht nichts, gehen Sie schlafen, meine Kleine. Morgen sehen die Dinge vielleicht schon wieder ganz anders aus.«

Er überlegte kurz.

»Oder auch nicht.«

»Das ist nicht sehr ermutigend.«

»Nichts ist im Leben ermutigend. Es ist an uns, dort Ermutigung zu finden, wohin unser Blick, unsere Begeisterung, unsere Leidenschaft, unser … egal, was auch immer, uns lenkt.«

Er tätschelte nachsichtig ihre Wange.

»Und Sie sind dazu imstande. Da bin ich mir sicher.«

= 16 =

Am nächsten Tag hielt Juliette sich von Büchern fern und ließ das Büro geschlossen. Von der Galerie aus beobachtete sie, wie ein Kurier durchs Tor hereinkam; er versuchte, die Glastür zu öffnen, beschirmte dann mit einer Hand die Augen und drückte seine Nase gegen das Glas, aber sie hielt sich versteckt. Zaïde war immer noch krank und fühlte sich ein wenig fiebrig und schläfrig. Juliette hatte sie mit einem ganzen Völkchen aus offensichtlich handgefertigten Puppen zurückgelassen, denen die Kleine wirre Geschichten erzählte, bevor sie sie nebeneinander auf ihrem Kopfkissen schlafen legte.

Beim Anblick der Puppen war Juliette Zaïdes Mutter eingefallen. War sie verstorben? Fehlte sie der Kleinen? War es möglich, die Lücke zu füllen, die eine Mutter hinterließ? Die Frage war erschreckend, weil es nur eine einzige mögliche Antwort darauf gab: nein. Juliette kochte sich Tee, eine ganze Kanne voll, und setzte sich mit ihrer Tasse weit weg von den Fenstern, den Wänden zum Hof, weit weg von allem, was auch nur irgendeine Verbindung zur Außenwelt hatte. Sie brauchte eine schützende Hülle, kuschelig, ruhig und still.

Eigentlich hatte sie immer so gelebt. Hatte sich immer in die nächstbeste Ecke verkrochen. Ins Elternhaus, das in einer ruhigen Vorstadtgegend lag, deren Anwohner bereits den Lärm eines vorbeifahrenden Motorrads als Zumutung empfanden; in die kleine Vorstadtschule, das Collège zwei Straßen weiter und die berufsbildende Sekundarschule, wo sie ohne große Lust, aber anstandslos ihr Abitur mit Schwerpunkt Wirtschaft abgelegt und im Anschluss daran ein zweijähriges Studium an einer Fachhochschule absolviert hatte. Sie hätte es weiter bringen, sich auf jeden Fall räumlich etwas entfernen, sich nicht mit den Fachrichtungen zufriedengeben können, welche die kleine Schule anzubieten hatte, an der ihre Mutter zuverlässig und diskret als langjährige Sekretärin des Direktors arbeitete. Aber sie hatte es nicht gewagt. Nein, eigentlich hatte sie nicht einmal Lust dazu gehabt.

Ihr war niemals bewusst geworden, dass sie vielleicht Angst hatte, sich vor der gewaltigen Größe und Vielfalt der Welt fürchtete, und auch vor ihrer Gewalt. Elternhaus, Volksschule, Collège, Lycée. Und schließlich die Agentur. Die Agentur lag zwölf Metrostationen von ihrer Einzimmerwohnung entfernt, die sie sich dank des großmütterlichen Erbes hatte leisten können.

»Da musst du nicht einmal den Bahnsteig wechseln«, hatte ihre Mutter ermunternd gesagt. »Das wird dir das Leben erleichtern, mein Schatz.«

Doch, Juliettes Leben war übersichtlich. Sie stand jeden Morgen um halb acht auf, duschte, verzehrte am Tresen ihrer Kochecke genau vier Stück Röstbrote, die sie mit Frischkäse bestrich, und keines mehr, trank dazu ein Glas Apfelsaft und eine Tasse Tee und ging zur Arbeit. Mittags ging sie manchmal mit Chloé beim Vietnamesen an der Ecke essen – ein oder zwei Mal im Monat, nur wenn sie einen besonderen Verkauf eingetütet hatten, leisteten sie sich etwas Besonderes –, ansonsten aß sie den Salat, den sie am Vorabend vorbereitet hatte. Kurz vor dem Verzehr übergoss sie ihn noch mit einer Soße, die sie in einem ehemaligen Kapernglässchen mitbrachte, das sie, als es leer war, sorgfältig gespült hatte. Immer hatte sie einen Apfel auf dem Schreibtisch liegen und Butterkekse als Zwischenmahlzeit in Reichweite. Abends kehrte sie nach Hause zurück, kümmerte sich ein wenig um ihren Haushalt und aß dann vor dem Fernseher zu Abend. Freitagabends ging sie ins Kino, samstags ins Schwimmbad und sonntags aß sie mit ihrem Vater zu Mittag und half ihm danach im Garten, das vertrieb die Zeit und lieferte Gesprächsstoff.

Mitunter hatten Männerbekanntschaften diese Routine durcheinandergebracht. Oh, niemals lange. Die Männer waren wie Wasser gewesen, das ihr durch die Finger rann, sie wusste nicht, worüber sie mit ihnen reden sollte, ihre Zärtlichkeiten waren unbeholfen, sie ahnte, dass sie sich mit ihr unter ihrem gestreiften Federbett langweilten, sobald die erste Leidenschaft verflogen war.

Wenn sie verlassen wurde, weinte sie ein paar Tage lang und vergrub ihre Nase in dem Schal ihrer Großmutter, jenem blauen Schal, der – das wollte sie einfach glauben – noch immer ganz leicht nach der Frau duftete, die ihn einst gestrickt hatte. Das stimmte natürlich nicht. Der Schal hatte einen synthetischen Lavendelgeruch, der von einem Waschmittel stammte, denn hin und wieder musste man ihn eben auch mal waschen, außerdem roch er nach Chili, das einzige Gericht, an das Juliette sich hin und wieder heranwagte, und nach Eukalyptus von den Papiertaschentüchern, es war genau die gleiche Marke, die auch ihre Mutter ihr Leben lang gekauft hatte.

Sie war zwei Jahre zuvor verstorben, an einem schönen Frühlingsabend, als sie sich triumphierend aus einer Blumenrabatte erhob, die sie gerade von Unkraut befreit hatte. Der Korb mit dem Unkraut war umgefallen und sie ebenfalls, mit geöffneten Augen, den Blick starr gen Himmel gerichtet. Ihr war nicht einmal die Zeit geblieben, ihren Mann zu rufen, der in der Nähe die ausgesäten Karottenpflänzchen ausdünnte.

Sie fehlte ihr, natürlich fehlte sie ihr. Immer hatte die Mutter sich bemüht, der Tochter das Leben so leicht wie möglich zu machen, hatte sie auf die sichersten Wege geführt, auf denen weder Hindernisse zu überwinden, noch Prüfungen zu bestehen waren. Aber auch keine Abenteuer. Nichts Unvorhergesehenes. Nichts, was sie bis ins Mark getroffen, aber auch nichts, was sie über alle Maßen begeistert hätte, nichts, was sie über sich selbst hinauswachsen ließ, über ihre verzagten Gewissheiten und ihre fast klösterlich zurückgezogene, eintönige Kuschelexistenz.

Warum hatte Juliette das mit sich machen lassen? Sie hatten das fast alle mit sich machen lassen – da, wo sie herkam, hatte es nicht viele Rebellen gegeben. Natürlich rauchten ein paar von ihnen abends ihren Joint oder begingen Bagatelldelikte – ließen in einem Supermarkt eine CD mitgehen oder beschmierten die Wand eines Einfamilienhauses –, aber das war keine Rebellion. Ihnen allen fehlte die nötige Wut. Und die Begeisterung.

Ihnen fehlte das, was Jugend ausmacht.

Ihre Großmutter dagegen hatte für das Recht auf Abtreibung gekämpft, für die Gleichstellung von Mann und Frau, für die Bürgerrechte der Afroamerikaner, gegen Atomkraftwerke, gegen die Globalisierung, die Massaker in Vietnam und den Irakkrieg. Ihr ganzes Leben lang hatte sie Flugblätter verteilt, an Demonstrationen teilgenommen, Petitionen unterschrieben und leidenschaftlich endlose Diskussionen geführt, wie man die Welt, die Menschen und das Leben besser machen konnte. Juliettes Mutter pflegte lächelnd zu sagen: »Mama erfüllt wirklich alle Klischees.« Und das stimmte, sie hätte ohne Weiteres in einem Film aus den Siebzigerjahren auftreten können: eine Frau, die auf einem kleinen Hof in einem winzigen Dorf in den Pyrenäen lebte, ausschließlich Naturfasern trug, die sich schon lange vor den alternativ angehauchten Pariser Wohlstandsbürgern vegetarisch ernährte, Marx las (wer las heute noch Marx?)

und auf dem Fensterbrett ihres Schlafzimmers Cannabis anbaute.

Und die lange Schals für all jene strickte, die sie liebte.

Juliettes Tasse war leer. Sie füllte sie erneut und benetzte ihre Lippen mit dem warmen Getränk. Sie mochte Solimans Tee mittlerweile am liebsten. Während sie die aufsteigenden Schwaden einsog, fielen ihr an jenem Tag Orangenkisten ein, Terrassen, eine sanfte Meeresbrise, bröckelnde Säulen und Italien, das sie bislang nur aus Büchern kannte.

Sollte man eigentlich, überlegte sie, während sie einer Spinne dabei zusah, wie sie in einer Zimmerecke geschäftig ihr fast unsichtbares Netz spann, die Länder bereisen, die man durch Bücher lieben gelernt hatte? Gab es diese Länder überhaupt? Das England einer Virginia Woolf war sicher ebenso verschwunden wie der Orient aus *Tausendundeiner Nacht* oder das Norwegen von Sigrid Undset. Und das Venedig von Thomas Mann existierte nur noch in den üppigen Bildern von Luchino Visconti. Und Russland ... Von den Schlittentroikas, mit denen die Grafen unermüdlich durch die winterliche Steppe fuhren, erblickte man Wölfe, Hütten auf Hühnerfüßen, ganz wie aus Mussorgskys *Bilder einer Ausstellung*, schier grenzenlose schneebedeckte Weiten, dunkle gefährliche Wälder und Feenpaläste. Man konnte mit dem Zar unter Kristalllüstern tanzen, Tee aus goldenen Gefäßen schlürfen und sich mit Fellmützen schmücken (wie furchtbar!), die aus dem Fell des Silberfuchses gearbeitet waren.

Was würde sie davon noch vorfinden, wenn sie per Flugzeug in eine dieser Ecken der Welt reiste? Gegenden, in denen Durcheinander herrschte und Grenzen, die sich dauernd verschoben, genau dort hatte sie einst mit einem Wimpernschlag schier unglaubliche Entfernungen zurückgelegt, hatte Jahrhunderte an sich abgleiten lassen, war zwischen den Gestirnen herumgewirbelt, hatte zu Tieren und Göttern gesprochen, den Tee mit einem Hasen eingenommen, Gifttrank und Götterspeise probiert. Wo versteckten sich ihre Reisebegleiter, Graf Peter aus *Krieg und Frieden*, die neckische Alice, Pippi Langstrumpf mit ihren Muskeln, die ein Pferd heben konnten, Aladdin und Crazy Horse, wo waren Cyrano de Bergerac und all die Frauen, von denen sie geträumt hatte und über deren Schicksale und Leidenschaften sie gegrübelt und sich damit erspart hatte, diese selbst zu durchleben? Wo waren Emma Bovary, Anna Karenina, Antigone, Phädra und Juliette, Jane Eyre, Scarlett O'Hara, Dalva und Lisbeth Salander?

Im Grunde verstand sie Soliman. Er hatte sich aus freien Stücken hinter einer Papierfestung verschanzt, aus der er immer wieder Bruchstücke in die Außenwelt entsandte, wie Flaschenpost. Es waren Gesten demütigen Gebens und der Zuneigung, und sie galten Gleichgesinnten, die sich jenseits der Mauern dem richtigen Leben stellten.

Falls diese Worte einen Sinn ergaben.

Wie auch immer, im Augenblick hatte sie Kopfschmerzen. Vielleicht war Zaïdes Erkältung doch ansteckend. Vielleicht lag es auch am Staub, in den vergangenen Tagen hatte sie wirklich kiloweise Staub eingeatmet.

Il reste la poussiere, es bleibt nichts als Staub. So lautete der Titel eines druckfrischen Romans, den sie ganz oben auf einem der Stapel neben Solimans Schreibtisch bemerkt hatte. Laut Umschlagtext ein Kriminalroman. Vielleicht genau das Richtige für einen Regentag mit Erkältung und leichtem Blues. Außerdem war dieser Satz ein schöner Schlussstrich unter Gedanken oder Träume, wenn diese so zerfahren waren wie in ihrem Fall.

17

»Ich möchte mich mit Ihnen gerne über Spinnen unterhalten.«

Der Mann mit dem grünen Hut fuhr hoch, und etwas Tee schwappte auf seine Untertasse. Juliette eilte sofort mit einer Papierserviette herbei. Er hielt sie mit einer Geste auf Abstand – immer dieses Lächeln, dachte sie bei sich, das an die Grinsekatze aus *Alice im Wunderland* erinnerte. Freundlich und zugleich distanziert. In seiner Gegenwart kam sie sich zu jung, zu ungeschickt und chaotisch vor, mit ihren »zerstreuten Händen«, wie ihre Großmutter immer gesagt hatte; Hände, die alles fallen ließen, die sich nicht einfach um Gegenstände legten, um sie zu packen oder behutsam zu umfassen. Sogar in diesem Fall kam es ihr so vor, als hätte sie den Tee verschüttet, und vielleicht war das ja sogar richtig, mit ihrem unpassenden Vorschlag von gerade eben.

Es ging ihr um dieses Insektenbuch, das er in der Metro immer gelesen hatte – das erste Mal, als sie seinen Tick bemerkt hatte, hatte sie ihn für einen Sammler oder einen Experten gehalten. Sie hatte zwar nicht gedacht, *dieser Typ ist ja total durchgeknallt*, aber … Nein, das stimmte nicht, genau dieser Gedanke war ihr gekommen.

Und jetzt saß er hier bei ihr.

Er kam fast jeden Tag vorbei. Zwischen 15 Uhr 47 und 15 Uhr 49 klopfte er leise an die Ladentür – Juliette nahm an, dass diese Regelmäßigkeit mit dem Metrofahrplan zusammenhing. Die Linie 6 fehlte ihr, die vertrauten Ausblicke, das Schnellboot der Finanzbehörde, das unten am Fluss unter einem Vordach festgemacht war, die grasgrüne geschwungene Linie der Pariser Docks auf der anderen Seite der Seine, die Glaskulissen der hochgelegenen Bahnstationen, das kleine Kindergartengebäude mit dem roten Ziegeldach, ein ganz normales freistehendes Haus inmitten von Bauten, die nach allen Seiten hoch aufragten – sie hatte es oft vorüberziehen sehen, mit einer ihr unerklärlichen Wehmut –, und dann waren da die bunten Graffitis, auf den fensterlosen Fassaden der Siebzigerjahre-Gebäude in der Nähe der Porte d'Italie, die Brücke von Bir-Hakeim, die Station Passy, die so tat als wäre sie ein Provinzbahnhof …

Ihr fehlten auch die Unbekannten, denen sie Bücher geschenkt hatte, deren Titel sich hinter Zaïdes farbigen Kartons versteckten, all die Menschen, denen diese Umschläge Glücksversprechen und Verheißung auf Veränderung gewesen waren. Sie hätte sie gerne wiedergetroffen, nicht, um sie zu befragen, das nicht, Lesen war etwas sehr Intimes und Wertvolles, vielmehr um sie zu betrachten, an ihren Gesichtern Anzeichen für Veränderung abzulesen, für gesteigertes Wohlbefinden, jede noch so kleine Freude. Vielleicht war das naiv.

»Ist das naiv?«, fragte sie Léonidas, nachdem sie ihm von ihren Gedanken erzählt hatte.

»Ich dachte, wir wollten uns über Spinnen unterhalten.«

»Darüber auch.«

»Womit wollen Sie beginnen?«

»Mit den Spinnen. Warum klettern sie in den Rohren nach oben? Warum tauschen sie einen sicheren Ort gegen einen sehr viel gefahrvolleren?«

Léonidas verschränkte und löste ein paar Mal seine weißen, äußerst gepflegten Hände. Jeder Nagel war poliert und perfekt gefeilt.

»In Bezug auf Spinnen ergibt diese Frage keinen Sinn«, sagte er endlich. »Ich könnte Ihnen einen kurzen Vortrag über die Gewohnheiten von Insekten halten, aber ich habe den Eindruck, darum geht es Ihnen nicht. Liege ich damit richtig?«

Die Worte purzelten nur so aus Juliette heraus, sie wollte alles loswerden, egal in welcher Reihenfolge. Dieses neue Leben, in dem sie sich langsam, in ihren Augen viel zu langsam einrichtete, verstörte sie ebenso wie der klare, unbarmherzig scharfe Blick, mit dem sie plötzlich die Banalität ihres bisherigen Daseins erfasste, ein Blick, der ihr Zweifel und Ängste ebenso offenbarte wie einen hartnäckigen Hoffnungsschimmer, dessen Quelle sich vielleicht zwischen den Seiten der zahllosen Bücher verbarg, die sich ihrer Ordnungswut widersetzten.

»Auch ich war völlig eingestaubt«, sagte sie. »Der Staub hatte sich angesammelt, und ich habe es nicht einmal bemerkt.«

»Das kann ich mir vorstellen«, antwortete Léonidas. »Und jetzt?«

Sie schloss kurz die Augen.

»All das hier (mit einer Geste bezog sie den Raum ein, in dem sie sich befanden, und alles, was jenseits davon lag, das Lagerhaus, den Hof, die wackelige Stahltreppe, die Zimmer, die auf die Galerie hinausgingen, das aus dem Himmel geschnittene Rechteck über den Mauern und Nachbardächern) ist wie ein eiskalter Wind über mich hinweggefegt. Ich komme mir nackt vor, mir ist kalt, und ich habe Angst.«

Sie hörte, wie er sich bewegte. Er legte sacht eine Hand an ihre Stirn. Sie musste an die Gesten ihrer Großmutter denken, wenn sie im Winter in den Pyrenäen zu Besuch bei ihr war und sich erkältet hatte, weil sie mit feuchten Schuhen zu lange im Schnee gespielt hatte.

»Glückwunsch …«

Juliette traute ihren Ohren nicht. Wozu beglückwünschte er sie? Womit hatte sie sein Lob verdient? Die Hand verweilte nur kurz auf ihrer Stirn, dann fühlte sie, wie sie sich entfernte. Léonidas hatte wieder im Sessel Platz genommen, der unter seinem Gewicht ächzte. Juliette wagte nicht, die Augen zu öffnen. Noch nicht. Vielleicht hatte sie Aufrichtigkeit mit Ironie verwechselt. Vielleicht …

Zum Teufel mit diesen ganzen »Vielleicht«!

Sie betrachtete ihn. Bläuliche Schwaden aus seiner Pfeife umspielten die Gesichtszüge des Mannes, lösten sie in Wellen auf, verfälschten sie: Er war der Geist aus der Lampe, er war ein Kobold, der sich tückisch aus der Glut erhebt oder aus einem Moor, über dem fahle Lichter tanzen.

Léonidas nahm seine Pfeife aus dem Mund, hob sie an die Schläfe und klopfte mit dem Pfeifenkopf ganz leicht dagegen.

»Es ist gut, Angst zu haben«, sagte er friedfertig. »Sie fangen an zu begreifen, dass das gründliche Aufräumen, das Sie sich vorgenommen haben – und gegen das ich nichts einzuwenden habe, glauben Sie mir –, nicht hier in diesen Mauern stattfinden sollte.«

»Und wo dann?«

Sie erkannte ihre eigene Stimme nicht wieder, sie klang eifrig, wissbegierig.

»Genau hier oben. Nennen Sie es, wie Sie wollen – Geist, Kopf, Herz, die Fähigkeit zu begreifen, mitzufühlen, zu erinnern … Es gibt noch viele andere Begriffe. Meiner Meinung nach sind sie alle ungenügend. Aber das ist jetzt unwichtig.«

Er stützte sich mit beiden Händen auf die Armlehnen und beugte sich ein wenig zu ihr vor.

»In Ihnen müssen alle diese Bücher ihren Platz finden. In Ihnen, nirgendwo sonst.«

»Sie wollen damit sagen, dass … ich sie alle lesen soll? Alle?«

Als er nicht antwortete, lief sie auf und ab und verschränkte schließlich die Arme vor der Brust, wie um sich zu schützen.

»Und selbst, wenn ich das schaffen würde … Was geschieht dann?«

Léonidas legte den Kopf ein wenig zurück, ließ einen perfekt runden Rauchkringel aufsteigen und sah ihm verträumt dabei zu, wie er sich auf dem Weg zur Zimmerdecke verformte.

»Dann vergessen Sie sie alle wieder.«

18

Und so las sie. Bald etablierte sich ein fester Tagesablauf: Sie stand früh auf, bereitete für Zaïde das Frühstück zu und schaute nach, dass sie auch alles in ihrem Schulrucksack hatte, ging auf klackernden Sohlen die Eisentreppe hinunter, winkte dem Mädchen zu, während sie mit der anderen Hand das schwere Tor aufhielt, schob einen »Kuckuck« zwischen die beiden Flügel, es war ein neuer, nachdem der Vorgänger sich in feuchte Fetzen aufgelöst hatte, und begab sich schließlich ins Büro.

Die Bücher waren da, so als warteten sie auf sie. Juliette hatte gelernt, sich geschmeidig zwischen den Stapeln zu bewegen, Ecken von Kartons aus dem Weg zu gehen und an Regalen vorüberzustreichen, ohne etwas zum Einsturz zu bringen. Sie verspürte nicht mehr diese Atemnot, die sie zuvor mitunter veranlasst hatte, den Raum und selbst den Hof zu verlassen und mit großen Schritten, die Hände schützend gegen den schneidend kalten Wind vor die Brust gelegt, die Straßen entlangzuwandern. Die zahllosen Bücher waren zu einem freundlichen Ambiente geworden, eine Art weiches Federbett, in dem sie sich wohlfühlte. Sie glaubte gar, sobald sie die Glastür hinter sich geschlossen hatte, ein Summen zu vernehmen, oder vielmehr ein Schwingen in der Luft, mit dem die Buchseiten sie riefen. Sie blieb stehen, hielt den Atem an und wartete. Es kam mehr aus dieser Richtung, nein, aus jener. Es drang aus dem zugemauerten Kamin zu ihr herüber oder vielleicht aus der dunklen Ecke hinter der Trittleiter. Sie ging dann vorsichtig darauf zu, die Hände vorgestreckt, um über die kartonierten oder von verschlissenem Leder umhüllten Buchrücken zu streicheln. Dann blieb sie wieder stehen.

Es kam von diesem Buch, nein, von jenem.

Juliette hatte vom ersten Tag an begriffen, dass sie außerstande sein würde, unter den Tausenden von Büchern, die Soliman hier angesammelt hatte, eine Auswahl zu treffen. Und so wählte sie, wie zuvor bereits während ihrer »Kurierdienste« in der Metro, zufällig aus. Man musste nur abwarten. Sich in Geduld üben. Sie konnte den Inhalt der Bücher nicht sehen – in denen es von unzähligen Sätzen und Wörtern wimmelte wie in einem Ameisenhaufen –, doch die Bücher durchschauten sie sehr wohl. Sie setzte sich ihnen mit Haut und Haaren aus. Erregt leichte Beute, ohne Deckung und ohne Instinkt zur Flucht oder Selbstverteidigung, beim Räuber Argwohn? Aber waren die Bücher überhaupt wie kleine Raubtiere, die nur davon träumten, ihren papierenen Käfigen zu entkommen, sich auf sie zu stürzen und sie zu verschlingen?

Vielleicht. Doch das machte ihr nichts aus. Sie ließ sich nur allzu gerne verschlingen. Diese Lust hielt sie nachts wach, trieb sie im Morgengrauen aus dem Bett und ließ sie noch spätabends beim Licht einer Lampe im Industriedesign ausharren; sie hatte sie auf dem Flohmarkt in der Parallelstraße erstanden – es war tatsächlich das erste Mal gewesen, dass sie sich bis dorthin vorgewagt hatte, denn ihren täglichen Einkauf erledigte sie im Lebensmittelladen an der nächsten Ecke.

Sie las bäuchlings auf ihrem Bett, auf das Geländer der Außengalerie gelehnt, sobald ein Sonnenstrahl die Luft wärmte; sie las, die Ellbogen auf Solimans Schreibtisch oder den Küchentisch gestützt, an dem sie für Zaïde die Mahlzeiten zubereitete, sie las, während sie mit einer energischen Geste Frikadellen in der Pfanne wendete, Champignons frikassierte, in der Béchamelsauce rührte. Sie hatte sogar eine Position gefunden, die zwar ungemütlich war, ihr aber gestattete, zu lesen und zugleich Gemüse zu putzen. Dazu musste sie das Buch nur in die Armbeuge legen und mit einer Gabel, die sie im Mund hielt, die Buchseiten umblättern. Eigentlich war das, genau betrachtet, ziemlich kindisch. Sie las in der Badewanne, wie Chloés Wohnungskäuferin (hatte sie *Rebecca* eigentlich ausgelesen? War vielleicht nicht nur der Roman zu Ende gelesen, sondern auch das Glück in einem miserabel präsentierten Appartement beendet, dessen Mängel man mit einer prestigeträchtigen Liebesgeschichte kaschiert hatte?), sie las beim Kaffeetrinken und sogar, wenn sie Kuriere empfing, dann schaute sie, während sie ihrem Gegenüber einen wahllos zusammengestellten Bücherstapel hinschob, immer wieder begierig auf die jeweils aufgeschlagene Buchseite. Mit einem entschuldigenden Lächeln als Zuschlag.

Juliette schlüpfte in jede Geschichte wie in eine wunderbare neue Haut, mit Salz bestreut, mit Parfum benetzt oder mit Natron bedeckt, wie die Gliedmaßen von Tahoser, der Heldin aus Gautiers *Roman de la Momie*, damit sie geschmeidig blieben; ihre Haut empfing die Zärtlichkeiten eines Unbekannten, dem sie an Bord eines Schiffes begegnet war, sie wurde von Pollen bestäubt, welche von Bäumen am anderen Ende der Welt stammten, mitunter vom Blut einer offenen Wunde befleckt. Ihre Ohren waren erfüllt von lärmenden Gongs, dem Zirpen antiker Flöten, von Händen, die klatschend einen Rhythmus begleiteten oder einer Rede applaudierten, vom leisen Rauschen der Wellen, die in ihrem trüben Innenleben runde Kiesel anrollten. Ihre Augen brannten vom Wind, von Tränen, von dick aufgetragener Kurtisanenschminke. Ihr Lippen waren von unzähligen Küssen wundgeküsst. Ihre Finger von unsichtbarem Goldpuder bedeckt.

Mitunter tauchte sie aus ihrer wahllosen Lektüre auf, und ihr war übel, meist aber war ihr schwindelig von so viel Weite, Leidenschaft und Schrecken. Das war nicht mehr sie, die um Viertel vor fünf Zaïde an der Küchentür empfing, sondern Salambo, Alexander, Sancho Pansa oder der Baron auf den Bäumen, die furchtbare Lady Macbeth, Goethes Charlotte, Catherine Earnshaw – und manchmal Heathcliff.

»Erzähl«, forderte die Kleine sie auf.

Und während Juliette ihr drei Scheiben Röstbrot schmierte, keine mehr und keine weniger, erzählte sie. Die Kleine biss von dem Brot immer ganz wenig ab – so hatte sie mehr davon.

»Du bist genau wie Soliman«, sagte sie am fünften Tag. Juliette war aufgefallen, dass sie ihn niemals Papa nannte. Zaïde benahm sich, fand sie, wie eine kleine Erwachsene, manchmal viel zu ernst und von unbestechlicher Logik.

»Warum wie Soliman?«

»Er sagt immer, dass er schon bis ans Ende der Welt gereist ist, ohne auch nur von seinem Stuhl aufzustehen. Willst du das genauso machen? Du bewegst dich überhaupt nicht mehr nach draußen, sondern gehst nur noch in deinen Gedanken spazieren. Ich könnte das nicht.«

»Aber dir gefallen die Geschichten doch«, erwiderte Juliette, tauchte ihren Finger in ein Glas mit Himbeermarmelade und leckte ihn ab, sie hatte ganz vergessen, dass sie eigentlich ein Vorbild für gute Manieren sein sollte.

»Ja schon, weil …«

Zaïde stützte das Kinn auf ihre kleine Faust, legte die Stirn in Falten und dachte nach. Dabei sah sie ihrem Vater dermaßen ähnlich, dass Juliette ganz weich ums Herz wurde – und es ihr zugleich schwer wurde. Soliman fehlte ihr. Sie hatte nichts mehr von ihm gehört und war beunruhigt.

»Weil mir die Geschichten Lust auf Abenteuer machen«, erklärte die Kleine schließlich. »Aber das geht nicht, weil ich noch zu klein bin. Du magst ja keine Abenteuer«, sagte sie vorwurfsvoll.

»Klar, ich liebe Abenteuer!«

»Du machst Witze. Ich wette, du bekämst es jetzt in der Metro mit der Angst.«

Juliette hielt Zaïde ihre erhobene rechte Hand vor die Nase, die Handfläche nach außen.

»Willst du wetten? Nur keine Angst.«

»Kommt drauf an, worum wir wetten«, sagte das Kind verschlagen. »Die Wetten von Erwachsenen sind langweilig. Ich wette um eine Reise.«

Juliette hob überrascht die Augenbrauen.

»Eine Reise? Aber ich bin nicht sicher, dass …«

»Eine Reise irgendwohin. Auf die Baustelle hinter unserer Schule. Zu den hohen Türmen, die ich mal gesehen habe, als ich zum Zahnarzt musste. Egal wohin. Man macht eine Reise, wenn man an einen Ort fährt, an dem man noch nie war«, fügte sie hinzu.

»Meinetwegen«, sagte die junge Frau leise, das Herz verkrampft.

»Und du, worum wettest du?«

Juliette schluckte schwer. Sie würde doch jetzt vor diesem kleinen Fräulein, das von Fernen träumte, die ganz nah waren, so als sei einmal das eigene Viertel zu verlassen, ein besonderes Geschenk, nicht in Tränen ausbrechen.

»Um das Gleiche wie du.«

Zaïdes zauberhaftes Lächeln war Belohnung und Strafe zugleich.

»Morgen«, sagte sie, »fahre ich Metro.«

»Die ganze Strecke der Linie 6.«

»Die ganze Strecke, versprochen. Hin und zurück.«

»Mehrere Male.«

»Wenn du magst, auch mehrere Male. Warum?«

»Das ist besser, du wirst sehen.«

Dieses Mädchen war seinem Vater wirklich viel zu ähnlich.

= 19 =

Zaïde hatte richtig gelegen, wurde Juliette klar, als sie kurzatmig die Treppe zum Bahnsteig hinaufstieg: Sie hatte Bammel. Die Umhängetasche an ihrer Schulter war schwer: Sie hatte vier Bücher eingepackt, eins davon war ziemlich dick, wahrscheinlich ein russischer Autor, sie hatte nicht auf den Titel geachtet. Das Gewicht gab ihr ein Gefühl von Sicherheit, verankerte sie inmitten der vielen Leiber. Sie hatte völlig vergessen, wie viele Menschen unterwegs waren, hatte ihre mitunter aggressiven Parfums vergessen, das Getrappel ihrer Füße und ihr Gebrumme, wie sie ihre Blicke abwandten, wenn alle zwei oder drei Stationen ein Obdachloser mit ausgestreckter Hand vor ihnen stand oder monoton in jedem Waggon seine Bitte wiederholte. Sie hatte das Vibrieren, das Klackern, das Gebimmel vergessen, das bauchige Dunkel der Tunnel, das blendende Licht, wenn die Bahn mit einem Mal auf Hochgleisen fuhr, ein Sonnenstrahl sich auf einer Fensterscheibe oder einer Hausfassade verirrte und über die Gesichter wanderte.

Sie saß an ein Fenster gelehnt und ließ sich vom gleichen Rhythmus wie alle anderen wiegen. Sie hatte eines der Bücher geöffnet, einen wirklich spannenden Krimi, der sie fesselte. Hin und wieder fuhr sie aus der Spirale der Spannung auf, etwa wenn ein Arm oder Ellbogen sie streifte, in dem beengten Raum ein allzu spitzes Lachen erklang oder wenn der aus Kopfhörern wummernde Bass eines Mitreisenden sich mit Lauten mischte, die sie sich beim Lesen vorstellte.

Sie las, bis sie an der Endstation angelangt war, und musste einmal nicht befürchten, ihre Haltestelle zu verpassen, es war ungewohnt, aber bequem.

Haltestelle Nation. Sie blieb alleine im Wagen sitzen und blickte nicht von den Seiten auf, die sie nach und nach umblätterte. Dann fuhr die Metro wieder an, diesmal in die entgegengesetzte Richtung. Sie war auf ihrem Platz sitzen geblieben. Und wieder breitete sich die Stadt vor ihrem zerstreuten Blick aus – mal hielt sie kurz einen Finger zwischen die Seiten, schlug sie aber sofort wieder auf, um ihren Romanhelden, blond, schlank, von unschuldiger Grausamkeit und liebeshungrig, nicht aus den Augen zu verlieren. Bilder von der alten Fabrik, in der er um sein Leben kämpft, legten sich über Ausblicke, die an den Fenstern, gegen die der Regen peitschte, vorüberzitterten, verzerrten sie, gaben ihnen Ecken und Kanten, die Farben mischten sich und ließen ein trügerisches, flüchtiges Flackern entstehen.

Dieselbe Stadt, aber diesmal aus der entgegengesetzten Richtung betrachtet; sie saß immer auf der gleichen Seite – Juliette war es nie zuvor aufgefallen, aber sie hatte Richtung Étoile die Seine stets lieber zu ihrer Rechten gehabt, abends hatte sie sich dann abermals in Fahrtrichtung gesetzt, den Kopf nach links gewandt und den Blick wieder über das Wasser gleiten lassen.

»Du bist wirklich komisch.«

Juliette fuhr auf. Die Worte hätten ebenso gut von ihr stammen können, vielleicht hatte sie sie in Gedanken sogar genauso formuliert, aber die Stimme stammte von Chloé.

Chloé saß ihr gegenüber, in einem giftgrünen Kostüm, dazu trug sie einen rosa Schal und passendes Lipgloss.

»Ich habe schon so oft versucht, dich anzurufen.«

Juliette verdrängte das Bild von ihrem Handy, das unter der

fünfzehnbändigen, in wertvolles Leder gebundenen Ausgabe des *Grand dictionnaire universel du XIXe siècle* begraben lag, eine Rarität, die noch darauf wartete, einen Platz zu finden.

»Ich glaube … ich glaube, der Akku ist leer.«

Das war nicht einmal gelogen, trotzdem hatte sie ein schlechtes Gewissen.

»Ich fahre dir seit einer Stunde nach«, sagte Chloé. »Du hattest die ganze Zeit dein Buch vor der Nase und bist bis zur Endstation Nation gefahren, und jetzt fährst du die gleiche Strecke wieder zurück. Was treibst du da eigentlich? Arbeitest du für die Pariser Verkehrsbetriebe? Führst du für die Umfragen durch? Schreibst du dir alles an den Rand von deinem Buch? Ich hoffe es fast, denn sonst bist du in meinen Augen reif für die Klapsmühle.«

Juliette konnte nicht anders, sie musste lächeln. Sogar Chloé hatte ihr gefehlt. Ihre wilde Mähe, ihre schiefen Zähne, ihr Lächeln, ihre hohen Hacken und ihre bissigen Bemerkungen. Selbst ihre Internet-Kaufwut und ihr furchtbarer Kleidergeschmack – alles hatte ihr gefehlt.

»Du bist mir also nicht mehr böse?«, fragte sie zaghaft.

»Dir böse sein? Warum?«

»Wegen der Bücher.«

»Wegen welcher Bücher? Ach die … natürlich nicht, ich bin schon wieder ein ganzes Stück weiter. Typisch für dich, das immer noch für wichtig zu …«

Chloé runzelte mit einem Mal die Stirn, als sei ihr gerade wieder etwas eingefallen.

»Jetzt, wo du's sagst … Als du weggegangen bist, hast du mir ein Buch auf den Schreibtisch gelegt. Hast du das gerade gemeint?«

»Ja«, antwortete Juliette. »Hast du's gelesen?«

»Mehr oder weniger, na ja, doch, ich hab's gelesen.«

Sie warf einen Blick auf die anderen Passagiere, setzte eine bedeutsame Miene auf und flüsterte dann hinter vorgehaltener Hand:

»Ja, ich hab's gelesen, sogar von vorne bis hinten.«

»Und?«

Juliette wollte nicht drängeln, aber gleichzeitig platzte sie vor Neugier.

Chloé setzte sich wieder gerade hin und bauschte mit wichtiger Miene ihr Halstuch zurecht.

»Und dann habe ich gekündigt.«

»Du auch?«

»Ich auch. Und weiß du was? Ich hatte das Gefühl, dass dieses Buch damit einverstanden war, dass es mich ermunterte, mich geradezu dazu drängte. Dir kommt so was vielleicht normal vor, aber mir ...«

Sie ließ ihre Stimme nach der letzten Silbe ausklingen, mit weit aufgerissenen Augen, fast erschrocken, als sei ihr gerade eben klargeworden, dass ihr Verstand manipuliert worden war oder man sie ohne ihr Wissen hypnotisiert hatte.

»Und was machst du jetzt?«, fragte Juliette leicht beunruhigt.

Bei Chloé musste man auf alles gefasst sein: Vielleicht hatte sie ihren eigenen Laden aufgemacht und führte jetzt ausgefallene Haustiere aus dem sechzehnten Arrondissement spazieren – besondere Spezialität: Rieseneidechsen; oder sie arbeitete als Model für Sadomaso-Unterwäsche oder organisierte im Kanalsystem von Paris Touren vor ausgefallener Geräuschkulisse, lieferte auf Bestellung Whiskey-Kiri-Kiwi-Cocktails mit dem Fahrrad aus ...

»Ich lerne Kuchenbacken, Schminken und Buchhaltung«, zählte Chloé auf. »Dieses *Home Staging*, du erinnerst dich bestimmt daran, hat mich auf die Idee gebracht. Und dein Buch.«

»Welche Idee denn?«

»Hochzeiten zu organisieren. Oder Künstlertreffen, oder was du willst. Zusammenkünfte von Druiden oder Segnungen beim Fallschirmspringen in Anwesenheit eines Pfarrers. Ich will für Leute etwas organisieren und sie damit glücklich machen. Wenn sie an diesem einen Tag glücklich sind, ich meine, richtig, richtig glücklich, dann wollen sie dieses Glück erhalten und legen sich ins Zeug. Du musst mir übrigens eine Liste machen …«

»Von Freunden mit Heiratsplänen? Vergiss es.«

»Nein«, sagte Chloé mit einem Ausdruck von gespielter Geduld. »Eine Bücherliste. Ich will jedem Paar ein Buch schenken, als gewisses Etwas, die Kirsche auf der Hochzeitstorte sozusagen, verstehst du.«

Doch, Juliette verstand. Aber es lag ihr noch eine andere Frage auf der Zunge.

»Chloé … es ist mir wirklich peinlich, aber ich habe ganz vergessen, welches Buch ich dir gegeben habe. Dabei hatte ich es eigens für dich ausgesucht … Nimm es mir nicht übel … Ich beschäftige mich in der letzten Zeit vor allem mit Büchern (ein Euphemismus, das war ihr klar) und bringe alles etwas durcheinander.«

Ihre ehemalige Kollegin warf ihr einen nachsichtigen Blick zu, mit dem man vielleicht dreijährige Kinder und leicht senile Alte ansieht.

»Klar, meine Süße.«

Sie wühlte in ihrer Tasche und förderte mit triumphaler Geste ein Büchlein zutage.

»Schau her, hier ist es! Ich trage es immer bei mir. Das ist mein Glücksbringer. Ich habe fünf Exemplare davon gekauft, um sicher zu sein, dass ich immer eins dabei habe.«

Juliette betrachtete den Umschlag – auf blauem Hintergrund hielt eine Frauenhand, die halb aus dem grob gestrickten Ärmel eines Pullovers herausragte, eine rote Blüte. Ogawa Ito. *Le Restaurant de l'amour retrouvé*, Das Restaurant der wiedergefundenen Liebe.

= 20 =

»Den Platz wechseln. Mich mal ganz woanders hinsetzen. Ein Muss, und zwar nicht nur in der Metro.«

Diese Gedanken ließen Juliette nicht los, während sie zusah, wie eine strahlende Chloé sich auf dem Bahnsteig der Metrostation Pasteur entfernte. Dabei musste sie an einem frischvermählten Paar vorbeigehen, das vor einem riesigen Werbeplakat für Chanel N° 5 für den Fotografen posierte. Die Braut trug einen zitronengelben Tüllrock und sah aus wie ein Schmetterling. Und wohin konnte sie davonfliegen? In einen Tunnel. Juliette schalt sich für diesen negativen Gedanken. Aber man konnte eben nicht immer nur positiv sein. Trotzdem, die Begegnung mit Chloé hatte ihr gut getan. Zu ihrer Verblüffung hatte sie erfahren, dass Monsieur Bernard die Agentur aufgegeben hatte. Er hatte seine private Kaffeemaschine und seine wertvolle Teetasse eingepackt und war in ein Haus am Waldrand irgendwo in den Ardennen gezogen. Chloé hatte er anvertraut, dass er endlich seinen größten Wunsch erkannt habe: morgens aus dem Haus zu treten und im Frühnebel einem flüchtenden Reh nachzusehen.

»Hast du ihm auch ein Buch dagelassen?«, hatte Chloé gefragt.

»Ja.«

»Und welches?«

In diesem Fall erinnerte Juliette sich genau. *Walden oder Leben in den Wäldern* von Henry David Thoreau. Die Alternative wäre ein Erzählband von Italo Calvino gewesen, und am Ende hatte sie nach dem Gewicht entschieden. Monsieur Bernard würde ein dünnes Bändchen bestimmt nicht ernst nehmen, hatte sie befürchtet. Er hatte immer behauptet, dass ihm vor allem »gewichtige Leute« sympathisch seien.

Leichten Schrittes bog sie in die Seitenstraße ein, in der das große verrostete Tor auf der linken Seite schon von Weitem dunkel und düster herausstach. Sie fühlte sich froh. Vielleicht war sie ja doch zu etwas gut im Leben, konnte anderen Menschen mit den Büchern, die sie ihnen schenkte, ein wenig Kraft, Mut und Unbeschwertheit schenken. Nein, verbesserte sie sich sogleich in Gedanken. Alles Zufall. Du bist zu gar nichts gut, bilde dir bloß nichts ein, meine Liebe. Dieser letzte Satz kam ihr unwillkürlich in den Sinn, er war wie ein Abzählreim, Worte, die man herunterspult, ohne zu überlegen, was sie bedeuten, aber sie tauchten immer wieder aus der Versenkung auf.

Woher hatte sie die überhaupt? Ach, genau: Eine Lehrerin in der vierten Klasse der Grundschule hatte sie gesagt. Jedes Mal, wenn Juliette etwas gut gemacht hatte oder zuversichtlich war, dass ihr etwas gelingen würde. Die Lehrerin hatte nichts mit Tugenden im Sinn, die Jahre später unter dem Begriff »positive Verstärkung« liefen. Aus ihrem Munde kam niemals ein Lob. Wenn man in Mathematik oder Zeichnen etwas zustande brachte, lag das an den Genen, an der Erziehung, oder es hatte eine komplexe Sternenkonstellation nachgeholfen. Zufall, alles Zufall. Bild dir bloß nichts ein, meine Liebe.

Du bist zu nichts gut.

Juliette kam zu dem großen Tor. Sie legte ihre Hand auf den kalten Metallgriff.

»Vielleicht bin ich ja doch zu etwas gut. Wenigstens ein bisschen.«

Sie wiederholte die Sätze mit lauter Stimme. Es war wie ein winziger Sieg.

Dann fiel ihr eine Kleinigkeit auf – eigentlich hätte es eine Kleinigkeit sein müssen, war es aber nicht –, und sie erstarrte.

Das Buch zwischen den Torflügeln, das diese immer leicht geöffnet hielt, war verschwunden.

═

Das kann nicht sein, das kann nicht sein.

Juliette brachte die Worte nicht laut über die Lippen, aber sie wiederholte sie unaufhörlich im Geiste, so als wolle sie zwischen sich und dem, was Léonidas ihr da gerade mitgeteilt hatte, eine Schranke errichten. Léonidas hatte sein Katzengrinsen verloren, sein bleiches Gesicht sah mit einem Mal aus wie zerlaufener Quark, bis es, befürchtete sie erschrocken, vor ihren Augen zu einer Lache gerinnen und zwischen den Ritzen im Betonboden versickern würde, nur sein Hut würde von ihm übrigbleiben, was für eine furchtbare und unpassende Vorstellung, vor allem in diesem Augenblick …

Sie hätte sich niemals gegen den Torflügel stemmen sollen, niemals den Hof betreten und die Klinke der Bürotür herunterdrücken sollen.

Nur um diese Nachricht zu empfangen.

»Wann ist es passiert?«

Sie hatte ein wenig ihre Stimme wiedergefunden und ein zaghaftes Lächeln.

»Vor drei Tagen«, antwortete Léonidas. »Das Krankenhaus hat einige Zeit gebraucht, um ihn ausfindig zu machen. Er hatte eine andere Adresse angegeben, eine falsche natürlich.«

»Aber warum eine falsche?«

»Ich glaube, er wollte einfach verschwinden. Vielleicht wollte er damit Zaïde beschützen. Uns. Wir werden es nie erfahren.«

»Aber bei einer Operation muss man doch immer den Namen einer Kontaktperson für Notfälle angeben«, wandte sie ein.

»Das hat er getan.«

Léonidas' Gesicht legte sich noch mehr in Falten, und er presste vor seiner Brust die Handflächen aufeinander, wie im Gebet oder als Ausdruck von Wut.

»Silvia. Die ... Sie wissen schon.«

Nein, Juliette wusste nichts. Sie betrachtete ihre Hände, die reglos auf den Knien ruhten, wie tot.

»Sie hatte immer ein Kochbuch dabei. Sie hatte ... Sie ist auch immer mit der Linie 6 gefahren. Wie Sie. Wie ich.«

»Oh ...«

»Ich war in sie verliebt, ich habe es ihr nie gesagt. Ich habe sie immer nur angeschaut. In der Metro. Nicht einmal jeden Tag. Vor Ihren Augen, Juliette. Sie haben davon nichts mitbekommen, da bin ich mir sicher. Sie selbst auch nicht.«

Nein, Juliette hatte nichts mitbekommen. Und sie hatte auch keine Lust, mehr zu erfahren – nicht in diesem Augenblick. Er begriff das und entschuldigte sich.

»Verzeihen Sie.«

Sie schüttelte nur schweigend den Kopf. Soliman. Soliman war tot. Er war an den Folgen einer Operation am offenen Herzen gestorben, ein riskanter Eingriff, den er viel zu lange vor sich hergeschoben hatte, erklärte Léonidas. Als hätte er sich keine Überlebenschance lassen wollen, hatte Léonidas hinzugefügt.

Er hatte das alles im Krankenhaus erfahren.

»Und ich war unterdessen in der Metro unterwegs. Habe mich mit Chloé unterhalten. War glücklich und ausnahmsweise sogar ein bisschen stolz auf mich.«

»Und Zaïde?«, fragte sie. »Wo ist Zaïde?«

»In der Schule. Es ist noch früh, wissen Sie.«

Nein, Juliette hatte keine Ahnung mehr. Sie saß schon seit Ewigkeiten so da, mit dieser Nachricht, die sich in ihrem Bauch immer weiter aufblähte und die weder ein neues Leben noch Verheißung bedeutete. Es ging um den Tod, oder vielmehr um einen Toten, einen vor Kurzem Verstorbenen, den es beschützend zu wiegen, zu trösten und zu begleiten galt …

Das Wort traf sie bis ins Mark, und sie setzte sich sofort auf. Sie hatte Zaïde eine Reise versprochen – denn eigentlich war das zwischen ihnen keine richtige Wette gewesen –, und sie würde ihr Versprechen halten. Aber danach, musste sie nicht …? Sie fand nicht einmal Worte für die traurige Vorstellung, die sich ihr aufdrängte, und sie wollte auch gar keine dafür finden, wenigstens nicht sogleich.

Léonidas räusperte sich und trat zu ihr hin.

»Zaïde ist hier glücklich«, flüsterte er. »Aber man wird sie uns nicht lassen.«

Mit oder ohne seine Pfeife – dieser Mann war ein Magier. Seitdem sie ihn kennengelernt hatte, war Juliette schon oft der Gedanke gekommen, dass er durch Buchdeckel hindurchsehen konnte, ein Gesicht war da wahrscheinlich auch kein Problem.

»Ich weiß. Aber trotzdem ertrage ich den Gedanken nicht, dass …« Sie konnte nicht weiterreden. Und wieder begriff er auf der Stelle.

»Ich auch nicht. Aber wie auch immer, die Kleine hat eine Mutter, auch wenn Soliman sie Ihnen gegenüber niemals erwähnt hat.«

»Ich dachte … sie wäre tot.«

Ungeschickt legte er seine große Hand auf die der jungen Frau. Sie erstarrte, ergab sich dann aber der tröstlichen Wärme seiner dicklichen Finger.

»Ich weiß, wo sie wohnt«, sagte er. »Soliman hat es mir an dem Tag verraten, an dem ich ihm demonstrierte, dass griechische Spirituosen problemlos an seine Kräutertees heranreichen. Er war sturzbetrunken, und ich hatte damals Gewissensbisse.«

Er senkte mit zitternden Wangen den Kopf und sagte abschließend:

»Und jetzt noch mehr.«

= 21 =

Zaïdes Hand war ganz anders als die von Léonidas: Sie war klein, furchtbar klein, und Juliette hatte beständig Angst, dass sie ihr entgleiten könnte. Sie wartete auf einem Bahnsteig des RER C und versuchte, dem Wind standzuhalten, der in Böen zusammengeknülltes Papier aufscheuchte, das unter den Sitzen aus Hartplastik herumlag, es träge herumwirbelte und in einiger Entfernung wieder fallen ließ. Reisende dieser Linie trotzten mit runden Rücken seiner Kraft, hielten die Köpfe vor den Böen gesenkt, zogen die Schultern hoch, und bei Regen hielten sie ihre Schirme mit beiden Händen umklammert.

Dourdan-la-Forêt. So hieß die Endstation. Jetzt durften sie keinen Fehler machen, durften nicht in die Metro steigen, die in Richtung Marolles-en-Hurepoix fuhr – Zaïde stand vor der Karte und hatte diesen Namen schon einige Male genussvoll wiederholt – und nach Saint-Martin d'Étampes.

»Ich mache eine Reise, ich mache eine Reise«, wiederholte das Mädchen im Takt.

Sie hatte sich für das Spiel Himmel und Hölle neue, seltsame Regeln ausgedacht, nach denen sie die Grenzlinie auf dem Bahnsteig auf einem Bein hin und her entlanghüpfte und diese Linie damit natürlich bei jedem zweiten Schritt übertrat. Juliette wurde leicht nervös und zog sie zurück. Zaïde blieb wie angewurzelt stehen und blickte sie finster an.

»Du bist genau wie Papa. Du hast Angst vor allem.«

Juliettes Hände wurden feucht. Zum wiederholten Male

fragte sie sich, ob Léonidas und sie recht daran getan hatten, Solimans Tochter die Wahrheit vorzuenthalten. Der Kleinen nichts von seinem Tod zu erzählen, war keine abgesprochene, wohlüberlegte Entscheidung gewesen, ja, nicht einmal Mitleid war der Grund – oder ihr eigener Schmerz. Sie waren beide davor zurückgeschreckt.

Genau, zurückgeschreckt. Sie waren auf die Mauer fixiert, die es zu überspringen – keine Chance – oder blind einzureißen galt, ohne eine Ahnung, welche zarten Keime, die zwischen den Steinen wuchsen, sterben würden, wenn ihre Wurzeln an die Luft gezerrt und dort vertrocknen oder verfaulen würden. Zaïde war ein hartnäckiges Persönchen mit einem flotten, mitunter schlagfertigen Mundwerk. Léonidas hielt sie für gefestigt, in seinen Augen stand sie mit beiden Beinen auf dem Boden und war seit Langem daran gewöhnt, dass ihr Vater, den sie wechselweise beschimpft und umschmeichelt hatte, merkwürdig war.

»Genau«, hatte Juliette erwidert.

Mehr hatte sie dazu nicht gesagt. Sie war sich ziemlich sicher, dass der Psychologenstand, der predigte, sich der Wahrheit zu stellen, um nicht irgendwelchen Neurosen zu verfallen, ihr intuitives Herangehen im Nullkommanichts in Grund und Boden argumentiert hätte.

Und doch war ihre Intuition in diesem Fall so mächtig, dass sie beschloss, ausnahmsweise einmal auf sich zu hören. Wenigstens fürs Erste.

Anders als Juliette vermutet hätte, erhielt Zaïde regelmäßig Briefe von ihrer Mutter. Sie hatte ihr das wunderbar bemalte Briefpapier gezeigt, auf dem in runder, winziger Handschrift Anmerkungen geschrieben standen. »Hier ist das Haus.« »Ein Vogel in den Zweigen des Granatapfelbaums, genau vor der Küchentür.« »Dieser Spaziergang hätte dir gefallen, den machen wir eines Tages zusammen.« »Ich bin diesem kleinen Esel an einem Feldrand begegnet, wir haben uns lange unterhalten, aber das wird dich sicher nicht wundern.« Firouzeh unterschrieb mit einem kunstvoll verzierten »F«, die Schnörkel schienen über dem Papier zu schweben.

»Firouzeh bedeutet türkis«, hatte Zaïde ihr erklärt. »Mama wohnt weit von hier entfernt … in der Stadt Schiras.«

Sie hatte sie mit in ihr Zimmer genommen, aus dem Bücherstapel, der ihr Bett neben der Tür abstützte, einen großen Atlas gezogen, der eigentlich viel zu schwer für sie war, sorgfältig die Seiten umgeblättert und ihren Finger auf einen Punkt gelegt, den sie in kräftigem Blau umrandet hatte.

Juliette hatte sehr an sich halten müssen, um nicht die Fragen zu stellen, die ihr auf der Zunge brannten. Warum schrieb Zaïdes Mutter ihrer Tochter auf Französisch? Wann und warum hatte Soliman den Iran mit seiner Tochter verlassen? Was war damals geschehen? Und warum war Firouzeh, seine Ehefrau, einige Monate zuvor nach Frankreich zurückgekehrt, allerdings ohne Mann und Tochter in der Zwischenzeit wiederzusehen? Léonidas war ihr bei den Antworten keine Hilfe. Er war schon seit einigen Tagen antriebslos und stumm. Er kam morgens, setzte sich direkt neben Solimans Schreibtisch und vertiefte sich in das Foto von Sylvie – der Frau aus der Linie 6, die immer in ihren Kochrezepten gelesen und eines Tages beschlossen hatte, den Tod zu schlucken, ihn zu verschlingen, sich von ihm überwältigen zu lassen wie von einem neuen Geschmack, einer Überraschung für den Gaumen.

Sie packte Zaïde fester an der Hand. Der Schauer, der ihr über den Rücken lief, kam nicht von dem unablässigen Wind. Sie fürchtete sich. Natürlich hatte Léonidas an die Mutter der Kleinen geschrieben – er besaß nur ihre Postanschrift. Und natürlich hatte Firouzeh zurückgeschrieben, ein einfaches »Kommt vorbei!«, das sie auf eine Karte gekritzelt und dann in ein gefaltetes Blatt Papier gelegt hatte; es war über und über mit Zeichnungen bedeckt, die Juliette eine Weile betrachtete und erst dann Zaïde zeigte. Ein Häuschen, über dessen Fassade die Zweige eines riesigen Baumes fielen, wahrscheinlich eine Eiche oder Linde; ein Fensterbrett mit Kästen, in denen orange und rote Blumen wuchsen; eine grüner Zaun und dahinter eine verschwommene, aber bereits herbstlich wirkende Kulisse mit den Umrissen eines Rehs.

Das kleine Mädchen war zärtlich mit der Hand über jedes Bild gefahren. Sie wirkte nicht einmal überrascht …

»Er kommt! Er kommt!«, rief Zaïde.

Ihr Rucksack hüpfte auf und ab, die Zöpfe flogen hin und her, sie blickte voller Staunen zum Ende des Bahnsteigs. Hatte sie unter der Abschottung gelitten, die Soliman für sie gewählt hatte, unter dem engen, wenn auch beschützten Leben, in dem sie sich Tag für Tag zwischen Lagerhaus und Schule hin- und herbewegte? Juliette hatte sich ihren Lebensrhythmus gewissermaßen ausgesucht, Zaïde war er auferlegt worden. Doch heute spürten sie beide den Kitzel des Abenteuers.

Dourdan-la-Forêt … Ja, das war ein Abenteuer. Die kleinste Veränderung konnte ein Abenteuer sein, wenn man sie nur annahm.

= 22 =

Es war nicht ganz einfach, das Haus zu finden. Es lag zwei Kilometer vom Bahnhof entfernt, in Richtung Wald, genau der Wald, den Zaïdes Mutter in den Briefen an ihre Tochter in ineinanderfließenden Aquarellfarben, ockergelb und zartgrün, gemalt hatte. Die Luft roch nach Rauch. Ein Vogelhäuschen in kräftigem Blau diente als Briefkasten; es hing ein bisschen schief neben einem kleinen Kirschbaum, und der Pflock, an dem es befestigt war, stützte seinerseits das Bäumchen.

»Ist es das?«, fragte Zaïde ernst.

»Ich glaube schon«, antwortete Juliette.

Worte waren mit einem Mal so schwer und gewichtig wie die metallenen, mit schwungvollen Gravierungen verzierten Boule-Kugeln in der Stadt; auf der anderen Seite des Lagerhauses im benachbarten Innenhof hatten Männer sich damit die Zeit vertrieben, sie auf einen eigens eingerichteten Sandplatz zu werfen. Zaïde hatte sicher jahrelang gehört, wie sie gegeneinanderklackerten, und die lautstarke Enttäuschung oder Freude der Spieler vernommen. Und Juliette konnte nicht anders, sie richtete ihren Blick nach unten auf den Mund des kleinen Mädchens und stellte sich vor, wie dort – genau wie in manchen Märchen – die eigenartigsten Dinge herauskullern würden.

Aber nichts dergleichen geschah. Der Erdboden um das Vogelhäuschen war festgetreten; und überall führten Fußspuren zum Haus und zurück. Sie waren leicht, aber schön geformt, Firouzeh hatte den Gang einer Tänzerin, bemerkte Juliette, sie musste klein und leicht sein, eine erwachsene Ausgabe von Zaïde.

Sie hielt das Mädchen immer noch an der Hand und folgte den Spuren bis zur Tür, die in der gleichen Farbe gestrichen war wie das Vogelhäuschen. Juliette hob die Hand und klopfte. Die Tür wurde sofort geöffnet – hatte man ihr Kommen bereits durch die niedrigen Fenster zu beiden Seiten des Eingangs beobachtet? Wahrscheinlich. Doch die Frau an der Schwelle war ganz anders, als Juliette sie sich vorgestellt hatte: Sie war rothaarig und von üppiger Gestalt, in einen weiten Fransenponcho gehüllt, auf der Nase trug sie eine Metallbrille mit kleinen runden Gläsern. Sie beachtete Juliette nicht weiter, sondern ging vor ihrer Tochter in die Hocke und streckte ihr die geöffneten Handflächen entgegen. Das Kind wurde einen Augenblick lang ganz ernst und rührte sich nicht, dann beugte es sich nach vorn und berührte mit seiner Stirn kurz die eng beieinanderliegenden Finger. Vielleicht hauchte es ein Wort hinein, das Juliette erriet, ohne es wirklich zu vernehmen.

Tod.

Auf der Straße fuhr ein Lastwagen vorbei und brachte die Fensterscheiben zum Klirren. Bei dem leisen kristallenen Geräusch musste Juliette sofort an Soliman denken, wie er sich, mit den Tassen klappernd, an seiner selbstgebastelten Kaffeemaschine zu schaffen machte und kurz darauf ein starker Duft nach Kaffee zwischen den Büchern waberte.

او خوشحال کن, flüsterte Firouzeh.

Juliette begriff natürlich nicht, ob diese Worte an sie gerichtet waren oder vielleicht an sie beide, und sie begriff auch erst, dass sie weinte, als Tränen ihr über den Hals liefen und ihren Schal, den blauen Lieblingsschal, benetzten.

Sie hatten Tee getrunken, im Kamin ein Feuer entzündet und sich auf den Kissen davor niedergelassen. Firouzeh hielt eine Fliegenklappe in der Hand, mit der sie die Funken verscheuchte, die aus den Scheiten im Kamin aufstoben. Zaïde klatschte jedes Mal in die Hände. Juliette ließ den Honig über den Stiel ihres Teelöffels gleiten und sah zu, wie das flüssige Gold sich im Rhythmus der Flammen, die über den vom Feuer ausgezehrten Holzscheiten mal hochschlugen, mal einschlummerten, rot oder grün verfärbte.

Wieder und wieder.

»Ich wollte mein Land nicht verlassen«, sagte Firouzeh mit einem Mal. »Mein Vater und meine Mutter lebten noch dort, und sie wurden älter. Außerdem haben sie Soliman nicht gemocht. Für sie war er ein Mann aus Papier, verstehen Sie? Er existierte nicht wirklich. Man weiß nicht, was er im Kopf hat, hat mein Vater immer gesagt. Ich wusste es, na ja, ich glaubte es zu wissen. Liebe zu mir und unserer Tochter, zu den Bergen – wir wohnten am Fuß der Berge – und zur Poesie. Das reicht doch für ein Leben, was meinen Sie?«

Sie erwartete keine Antwort. Sie murmelte etwas und schürte die Glut.

»Wenigstens glaubte ich das, weil es mir in den Kram passte. Was die Poesie angeht … die ist mir zu kompliziert, ein beschwerlicher Weg, der manchmal nirgendwohin führt. Mir sind Bilder und Farben lieber. Vielleicht läuft es am Ende aufs Gleiche heraus. Soliman und ich haben endlose Diskussionen darüber geführt, bei denen ich irgendwann die Lust verlor. Das Leben ist nicht wie eine Mandel, du findest das Beste nicht, indem du erst die Schale und dann die Haut entfernst. Aber er blieb hartnäckig. Er war so. Er ging immer seltener aus dem Haus und blieb den ganzen Tag über im gleichen Zimmer, mit Blick in den Garten mit den Mandelbäumen. Wenn man die gleichen

Dinge nur oft und intensiv genug betrachtet, sagte er immer wieder, kann man den Schlüssel zur eigenen Existenz entdecken. Ich wusste nicht, was er suchte und was er wollte …«

Firouzeh hob den Kopf. Ihr Blick war starr, die Pupillen weit geöffnet.

»Ich habe ihn niemals verstanden. Und er hat mich niemals verstanden. Das ist bei den meisten Paaren so, nehme ich an. Man teilt sich dem anderen leidenschaftlich mit, man glaubt, alles zu wissen, alles zu begreifen, alles zu akzeptieren, dann kommt es zum ersten Knacks, dem ersten Schlag, vielleicht nicht einmal böswillig versetzt, aber doch versetzt, und alles zerbricht in tausend Stücke … Und man findet sich nackt und allein wieder, neben einem Fremden, der ebenfalls nackt und allein ist. Das ist unerträglich.«

»Er hat es nicht ertragen«, sagte Juliette leise.

»Nein.«

»Er ist fortgegangen.«

»Ja, mit Zaïde. Ich habe das so gewollt. Sie war ihm näher als mir. Ich wusste, dass hier alles leichter für sie sein würde. Und vielleicht auch für ihn.«

»Und warum sind Sie am Ende doch fortgegangen?«

»Meine Eltern sind gestorben, und ich hatte dort niemanden mehr. Bei meiner Ankunft hatte ich nur einen einzigen Gedanken: meine Tochter wiederzusehen. Ich habe versagt … und dann …«

Ihre langen Wimpern senkten sich.

»Ich war nur noch ein Schatten meiner selbst. Das Exil ist … ich weiß nicht, wie ich das anders ausdrücken soll. Diese Angst und Leere, dieses Nichts, das ich nicht füllen konnte. Und so habe ich gewartet. Wir hatten Land verkauft und deshalb Geld genug zum Leben. Dort hatte ich einen Beruf. Ich war Französischlehrerin … Hier habe ich angefangen, Kinderbücher zu illustrieren. Das hilft, über die Runden zu kommen. Das Geld hat am Anfang auch Soliman weitergeholfen.«

»Obwohl sich sein Leben wieder nur in einem einzigen Raum abspielte.«

»Ein Raum könne eine ganze Welt enthalten, sagte er.«

»Wegen der Bücher, natürlich die Bücher«, murmelte Juliette.

Und dann erzählte sie ihre Geschichte.

= 23 =

Juliette war seit drei Tagen in dem kleinen Haus am Waldrand und wartete – sie wusste nicht einmal, worauf eigentlich. Sie wusste nur, dass dieses Warten wie ein kaltes, stilles Land war, unglaublich hell, unermesslich groß und leer. Und sie ließ sich widerstandslos, ja sogar ein wenig erleichtert darauf ein.

Anfangs hatte sie viel geweint. Wie ein Kind, das traurig ist, oder ein Teenager beim ersten Liebeskummer. Beim Anblick einer Tasse Kaffee brach sie in Tränen aus, ein alter schwarzer Pullover, achtlos über eine Stuhllehne geworfen, brachte sie zum Schluchzen. Sofort sah sie das Kleidungsstück an der vertrauten schlaksigen Gestalt mit den ungeschickten Gesten, wie es getragen wurde, alle Bewegungen mitmachte – aber es war eine XS-Größe, und die Ärmel waren bei der Wäsche eingelaufen, in die hätten Solimans lange Arme niemals hineingepasst.

Firouzeh folgte ihr ungerührt mit ihren Blicken und versuchte nicht, sie zu trösten. Sie brachte ihr nur immer wieder frischen Tee.

»Hätten Sie nicht ebenso gut Engländerin sein können?«, fragte Juliette zwischen Schluchzern und trocknete sich die Augen mit einem Zipfel des Schals, den Zaïde ihr fürsorglich über die Schultern gelegt hatte. »Für Engländer ist Tee eine Art Allheilmittel. In den Romanen von Agatha Christie …«

»Ich habe sie nicht gelesen«, unterbrach Firouzeh sie leichthin. »Ich habe Ihnen schon gesagt, ich ziehe Bilder vor. Farben. Liebkosungen. Wenn Haut oder Papier zart berührt werden.«

Sie setzte ihre Tasse auf dem Kaminsims ab. Ihre Hand zitterte leicht.

»Seine Haut ... Solimans Haut ... Sie war matt, aber nicht überall gleich, sie hatte dunkle Schatten, war an Stellen heller ... Muttermale ... und die Form seiner Schenkel ... Ich muss Ihnen zeigen ... muss zeichnen ...«

»Nein«, wisperte Juliette, den Blick auf ihre Schuhspitzen gerichtet.

Firouzeh streckte ihr eine Hand entgegen.

»Juliette ... er und Sie ... Sie waren kein ...?«

»Nein.«

»Aber Sie weinen.«

»Ja. Wollen Sie damit sagen, dass das nicht normal ist?«, fauchte sie, mit einem Mal angriffslustig. »Und Zaïde weint nicht. Ist das vielleicht normal?«

Firouzehs Finger legten sich ganz leicht auf die von Juliette, und die junge Frau hatte den Eindruck, ein Vogel aus dem Wald habe sie erwählt, um sich bei ihr auszuruhen, und fühlte sich seltsam getröstet.

»Normal. Ich habe nie begriffen, was dieses Wort bedeutet. Sie?«

Und weil die Antwort auf sich warten ließ, streichelte sie über das Haar ihrer Tochter, die ganz fest an ihre Mutter gedrückt dastand und mit geschlossenem Mund zu summen begann. Die Melodie war eigenartig, mitunter war sie so tief, dass nichts zu hören war – nur ein Zittern in der Kehle verriet, dass der Ton im Körper der Sängerin verweilte –, dann wieder waren die Töne hoch, dünn und gehalten wie bei einem Kindersolo. Zaïde hielt die Augen geschlossen und hatte ihren Daumen in den Mund geschoben.

Über Juliettes Wange rollte eine letzte Träne und trocknete dort langsam, während sie das Mädchen betrachtete. Sie sah die Jahre von dem Kindergesicht verfliegen und das kleine Mädchen wieder zu dem Neugeborenen werden, das am Tag der Geburt auf dem mütterlichen Bauch ruhte.

»Ich weiß nicht, ob das normal ist«, sagte sie schließlich. »Ich fühle mich einfach nur leer. Mein Leben bestand aus Kleinigkeiten. Sie haben mir nicht wirklich gefallen, aber sie waren da, sie haben mir genügt. Und dann bin ich diesen beiden begegnet …«

Sie schloss für einen Moment die Augen.

»Eigentlich müsste ich sagen, diesen vieren. Soliman, Zaïde, dem Mann mit dem grünen Hut, und der Frau, die … die ebenfalls verstorben ist. Jeder der vier hat mir etwas gegeben, und zugleich haben sie mir alles genommen. Da ist nichts mehr, verstehen Sie? Ich fühle mich antriebslos und niedergeschlagen, und mir ist kalt.«

»Sie haben Glück«, sagte Firouzeh langsam. »Bei mir dreht sich alles um dieses Kind, das ich wiedergefunden habe. Wenn es da ist, wenn es fort ist. Um den Tod, der uns wieder zusammengebracht hat. Meine Reise ist zu Ende … wenigstens im Augenblick. Aber glauben Sie nicht, dass mir das leidtut.«

Sie befreite sich sanft aus den kleinen Armen, die sie umklammerten, ging zum Fenster und öffnete die beiden Flügel. Ein kühler Wind fuhr ins Zimmer, und Flammen loderten bläulich aus der Glut auf.

»Der Wind«, sagte sie, »der Wind … Gehen Sie raus an die frische Luft, Juliette, lassen Sie sich den Wind um die Nase wehen. Lauschen Sie ihm. Sie haben viel zu lange ihre Nase nur in Bücher gesteckt. Genau wie er. Bücher und Menschen müssen reisen.«

Zaïde war unterdessen auf dem Schoß der Mutter eingeschlafen. Sie rührte sich trotzdem ganz leicht wie ein Kätzchen, das sich im Schlaf streckt und schnurrt, weil eine liebe Traumgestalt es streichelt.

=

Immerhin hatte sie ein Buch in ihrer Hosentasche. Während sie mit winzigen Schritten durchs Haus schlurfte, spürte sie, wie es gegen ihr Gesäß drückte.

»Das kann man kaum mitansehen. Wie eine alte Frau.«

Sich über sich selbst lustig zu machen, tat ihr gut. Genauso wie den biegsamen Einband durch den Stoff hindurch zu berühren. Es war ein Buch von Maya Angelou, *Letter To My Daughter*, das sie im letzten Augenblick vor ihrer Abfahrt eingesteckt hatte. Weil es griffbereit auf einem Stapel gelegen hatte. Weil es nicht sehr dick war und ihre beiden Taschen schon so schwer waren. (Eigentlich wählte sie ihre Lektüre nicht nach dem Gewicht aus, das war das erste Mal. Aber es war gar keine schlechte Idee: Warum nicht Bücher auf diese Weise ordnen, das war ihr vorher noch gar nicht in den Sinn gekommen – dicke Schmöker für Abende vor dem Kamin oder für lange Ferien, in denen man nicht viel tat, Rezeptbücher für Picknicks, Bände mit Erzählungen für Kurzstrecken, die man häufig zurücklegte, Anthologien um sich in Arbeitspausen mit einem Thema zu beschäftigen, zum Beispiel, wenn das Telefon mal länger nicht klingelte, die Kollegen zu Mittag gegangen waren oder wenn man sich an einen Tresen lehnte und einen doppelten Espresso trank, dazu ein Glas Wasser, an dem man so lange nippte, bis man am Ende des Textes angelangt war.)

Während der Fahrt hatte sie die ganze Zeit in dem Büchlein geblättert. Zaïde hatte sie unterdessen unablässig auf staunenswerte Ausblicke aufmerksam gemacht – auf das rot-weiß gestreifte Dach eines Zirkuszeltes, ein rechteckiges Becken, in dem Enten schwammen, auf einen Garten mit einem Laubfeuer, aus dem im Gegenlicht der Sonne Rauchspiralen aufstiegen. Und überall Straßen und Autos, die alle irgendwohin fuhren, genau wie sie beide.

»Die Leute bewegen sich die ganze Zeit fort«, hatte sie angemerkt. »Das ist völlig verrückt.«

In diesem Augenblick hatte Juliette zufällig einen Finger zwischen zwei Seiten geschoben, und sie las:

Ich
bin eine schwarze Frau
hoch wie eine Zypresse
stark
unbeschreiblich ruhig
Ort
und Zeit
und Umständen trotzend
umtost
unverwundbar
unzerstörbar

Weiter war sie nicht gekommen. Abends, auf dem Wohnzimmersofa, auf das Firouzeh für sie ein paar Kissen und eine warme Steppdecke bereitgelegt hatte, holte sie das Büchlein wieder hervor. Das Gedicht stammte nicht von der Buchautorin selbst, es war von Mari Evans – sie forschte im Internet nach, wer das war, kniff die Augen zusammen und vergrößerte dann die Seite, die sich auf ihrem Smartphone geöffnet hatte –, 1923 in Ohio geboren; ihr Gedicht *I Am A Black Woman* war für viele Afro-Amerikanerinnen so etwas wie ein Aufruf gewesen, sich zusammenzuschließen, Maya Angelou eingeschlossen. Letztere setzte sich ihr Leben lang für die Rechte von schwarzen Frauen ein. Michelle Obama sagte einmal, sie habe es Maya Angelou und der Kraft ihrer Worte zu verdanken, dass sie, ein kleines schwarzes Mädchen aus einem Armenviertel von Chicago, bis ins Weiße Haus gelangt sei.

In ihrem Buch zitierte die Schriftstellerin dieses Gedicht als Beispiel dafür, wie Lebensfreude jeder Erniedrigung trotzt.

Schau
mich an und fühl dich
wie erneuert

= 24 =

Ich bin keine schwarze Frau. Trotzdem habe auch ich meine Probleme. Also, hinschauen, sich ein Beispiel nehmen und sich wie neu fühlen … das wäre toll. Aber an wem soll ich mir ein Beispiel nehmen? Und wo?

Juliette drehte sich, den Kopf erhoben, einmal um die eigene Achse. Sie trug einen viel zu weiten beigen Parka, den sie sich von Firouzeh ausgeliehen hatte und in dem sie sich ein bisschen lächerlich vorkam, wie ein Kind, das im Schrank der Mutter gestöbert hat. Ihren blauen Schal hatte sie sich zwei Mal um den Hals geschlungen, und er reichte ihr bis über die Nase. Durch die Maschen, eine nach der anderen von den Händen ihrer Großmutter gestrickt, atmete sie kühle Luft ein. Unvermittelt sah sie diese Hände ganz klar vor ihrem geistigen Auge: ein bisschen knotig, die Haut von Altersflecken übersät. Die Hände ihrer Großmutter – wie die von Silvia, der Frau aus der Metro, die sich entschlossen hatte, ein Leben zu verlassen, in dem es vielleicht niemanden mehr gab, dem sie einen Schal stricken oder die Tage ein wenig aufheitern konnte –, diese Hände, hatten für immer aufgehört, sich zu regen, und es fehlte ihre Bewegung, spürte Juliette, dieser Stillstand verstieß gegen den Rhythmus der Welt, es musste sich etwas finden lassen, und zwar schnell, um ihn wieder in Gang zu bringen.

»Dumme Gans.«

Ihr war schwindelig, außerdem hatte sie sich gerade diesen pseudophilosophischen Quatsch zurechtgelegt, wofür hielt sie sich eigentlich? Sie war unglücklich, oder vielmehr trübsinnig, und nicht erst seit Solimans Tod, sie fand ihren Platz in der Welt nicht, aber was soll's? Ihr Platz war dort, wo das Leben sie abgesetzt hatte, nein, es war dort, wo sie beschlossen hatte zu landen, direkt auf dem Bürgersteig, mehr war leider nicht drin gewesen. Tja, und da stand sie nun.

Da stand sie nun …

Es war deprimierend, aber so war es.

Sie ging ohne rechtes Ziel weiter und schob die dunklen, feuchten Zweige einer großen Weide zurück, die bis zum Boden herabhingen und ihr den Weg versperrten. Zwischen Haufen von gemähtem, vermoderndem Gras stolperte sie über Scherben von Blumentöpfen. In dem kleinen Gemüsegarten, den Firouzeh mit an Pflöcke geknoteten Schnüren abgesteckt hatte, gab es ein Beet mit Radieschen, und in einer Ecke wuchs Wintersalat. Ansonsten war das dunkle, fruchtbare Erdreich frisch umgegraben. Sie stellte sich vor, dass es sich vielleicht warm anfühlte, wenn sie den Finger hineinsteckte.

Ein paar Meter entfernt, auf der anderen Seite des verrosteten Drahtzauns, der den Garten einfasste, stand eine verwitterte Holzhütte. Das Dach war eingebrochen, und zwischen losen, zerborstenen Balken leuchtete ein gelber Fleck. So gelb wie die Kehle eines Kolibris. Wie die samtenen kugeligen Blüten von Mimosen mit ihrem betörenden Duft; vor Jahren hatte sie die Blumen regelmäßig für ihre Mutter gekauft, die jeden Winter von Nizza und der Côte d'Azur träumte, sich aber nicht aus der Straße mit den Einfamilienhäusern wegbewegen wollte.

Sie drückte den Stacheldraht an einer Stelle, wo er etwas tiefer hing, weiter nach unten, stieg darüber hinweg und hoffte, dass sie mit Firouzehs Parka nicht daran hängenblieb. Auf der anderen Seite sprang sie über einen schmalen Graben, in dem modriges Wasser stand, und wich im Zickzack Büscheln von

Brennnesseln und ockerfarbenen Halmen aus, die wahrscheinlich nicht einmal Blüten hervorbrachten. Dieser Teil des Grundstücks schien schon seit einer Weile nicht mehr genutzt zu werden und hatte wohl als wilde Müllkippe gedient: Inmitten von Plastikfässern mit einer trüben Flüssigkeit erhob sich das Gestell von einem Bügelbrett, auf den Stufen einer Trittleiter lagen modernde Stoffballen – und als wäre das nicht schon seltsam genug, steckten in einem alten Waschzuber ein Bügeleisen und ein Hut, ganz ohne Scherz, es war ein Karnevalshut mit roten Pailletten, er schien so gut wie neu.

Vor den Eingang der Hütte hatte man mehrere Lagen Wellblech geklemmt, aber auf einer Seite war die Bretterwand fast umgefallen. Das Fahrzeug in der Hütte war von einer grünlichen Plane bedeckt und auf Klötzen aufgebockt – wie im Krieg, dachte Juliette, wenn es kein Benzin mehr gab. Aber damals hatte es noch gar keine gelben Fahrzeuge gegeben, oder doch? Doch, offenbar schon. (Die Welt war damals nicht schwarzweiß gewesen, auch wenn sie das geglaubt hatte, nachdem sie sich zum ersten Mal *Zwei Mann, ein Schwein und die Nacht von Paris* angesehen hatte, da war sie wahrscheinlich sechs Jahre alt gewesen.)

Sie griff nach einer Ecke der Plane und zog daran. Einige Ziegelsteine rutschten vom Dach des Fahrzeugs herab, und sie sprang zur Seite, um ihnen auszuweichen. Dann zog sie abermals, mit all ihren Kräften. Schweiß lief ihr über den Nacken und den Rücken. Woher kam ihre plötzliche wilde Entschlossenheit? Juliette wusste nicht einmal, ob das Grundstück Firouzeh gehörte oder ob sie es gepachtet hatte – der rechtmäßige Eigentümer tauchte vielleicht jeden Moment aus dem Wald auf, ein Jagdgewehr im Anschlag und …

Die Plane zerriss, und ein Teil sank wieder weich an seinen Platz zurück. Ungeahnte Kontinente von Moos überzogen die

Plane auf der Innenseite, Tierchen huschten raschelnd davon – vielleicht Mäuse. Oder Katzen. Sie hatte eine kleine Welt durcheinandergebracht, die einem eigenen festen Rhythmus folgte, vielleicht ein Nest zwischen den Achsen, in dem ein Wurf von blinden rosigen Wesen Schutz fand – nein, dafür war jetzt eigentlich die falsche Jahreszeit. Aber war sie sich da so sicher? Im Grunde nicht. Nichts war auf dem Land sicher, wenn man so viel von seiner Zeit in der Metrolinie 6 verbracht hatte. Sie neigte dazu, sich die Tiere in ihrer Umgebung wie jemand vorzustellen, dessen ganzes Wissen der Disney-Verfilmung von *Alice im Wunderland* stammte.

Sie zog noch einmal, es fielen noch ein paar Ziegelsteine herab, und endlich erschien er vor ihren Augen, so harmlos und verlockend wie ein übergroßes Spielzeug, aber viel, viel schmutziger.

Ein Kleinbus.

Gelb.

»Gehört er Ihnen?«

Juliette war kurz zuvor außer Atem in Firouzehs Atelier gestürmt, wo diese gerade mit Zaïde an einem Totem bastelte. Sie hatten einige Holzstücke vertikal übereinander angebracht, gespaltene Scheite mit ihrem hellen verwundbaren Innenleben, und überzogen sie mit bunten Farbfäden.

»Danach machen wir ihm aus Knetgummi die Augen. Und Augenbrauen und einen Mund, damit er palavern kann«, erklärte Zaïde.

Sie wiederholte das vorletzte Wort ein paarmal, weil sie wollte, dass Juliette sie bewunderte.

»Palavern ist ein schönes Wort, kanntest du das schon?«

Die junge Frau schüttelte den Kopf.

»Du weißt wirklich sehr viel.«

Zaïde gab sich bescheiden und drehte den Scheit um, den sie in ihren farbverschmierten Händen hielt. Karminrot rieselte über die Holzfasern.

»Das Holz blutet«, flüsterte sie, »es stirbt.«

Firouzeh klopfte ihr leicht auf die Schulter.

»Der Baum ist gestorben, als man ihn gefällt hat. Doch dieses Stück hier wird am Leben bleiben.«

»Warum?«

»Wegen des Palaverns und der Wünsche. Du wirst sehen, wenn wir diese beiden Scheite übereinander befestigt haben, bleibt genau hier, wo sie aufeinandertreffen, ein kleiner Zwischenraum. Wenn du traurig bist oder dir etwas wünschst, schreibst du es einfach auf ein Stück Papier, und das steckst du dann dort hinein. Mein Großvater hat mir das beigebracht.

»Und was passiert dann?«

Firouzeh hob den Kopf und begegnete Juliettes Blick.

»Das Holz behält alles für sich. Unglück, Hoffnungen, einfach alles. Bei ihm ist alles in Sicherheit. Und wir haben die Hände frei und können uns von Hoffnungen verabschieden oder sie umsetzen. Es hängt bloß davon ab, was du ihm anvertraust.«

»Und«, fuhr Juliette dazwischen, »gehört er Ihnen?«

Zaïdes Mutter wirkte nicht überrascht. Sie verschloss nur zuerst die Farbtöpfe, räumte sie ins Regal und wandte sich dann dem Fenster zu. Hinter den schmutzigen Scheiben waren im Nebel verschwommen die leblosen Farben auf dem Stück Brachland und die schiefen Umrisse der Hütte zu erkennen.

»Ja, oder eigentlich nein«, antwortete sie. »Er gehört Ihnen. Wenn Sie ihn haben wollen.«

= 25 =

»Und das wollen Sie wirklich tun.«

Das war keine Frage. Léonidas saß in Solimans Sessel, wie gewöhnlich in eine Tabakwolke gehüllt, und wollte sichergehen, dass er Juliettes überstürzte, gehaspelte Worte begriff, mit denen sie ihm von ihrem Plan erzählt hatte.

»Das ist doch eine tolle Idee, oder nicht? Was Soliman von euch erwartet hat, ist mir niemals gelungen: jemanden zu beschatten, ihn aus der Nähe in Augenschein zu nehmen, um zu begreifen, welche Lektüre ihm helfen würde, Hoffnung oder Kraft zu schöpfen oder die Wut zu finden, die ihm fehlte. Ich werde einen ganzen Bus voller Bücher haben, die Menschen in den Dörfern damit besuchen und mir die Zeit nehmen, sie kennenzulernen, wenigstens ein bisschen. So ist es einfacher. Mit der Beratung, meine ich. Um jeweils das richtige Buch zu finden. Für die Leute eben.«

Der Mann mit dem grünen Hut – er hatte ihn stets auf – nahm seine Pfeife aus dem Mund und betrachtete nachdenklich den Pfeifenkopf.

»Ist es wirklich so wichtig für Sie, was Soliman wollte? Ist Ihnen noch niemals der Gedanke gekommen, dass er vielleicht einfach verrückt war – und wir alle es ebenfalls sind? Wissen Sie, wie … diese Seelenheiler oder diese Pharmavertreter, die immer mit Koffern voller Medikamente unterwegs sind.«

»Na ja …«

Wie sollte sie ihm erklären, dass es in der Tat ein wenig auf das Gleiche hinauslief? Sie hatte für sich herausgefunden, ja, sie war mittlerweile überzeugt davon, dass sich in den Tiefen der Bücher jede Art von Krankheit und Leiden fand und deren Heilung. Sie steckten voll Verrat, Einsamkeit, Mord, Wahn und Wut, es gab alles, was einem das eigene Leben schwermachte und es ruinierte, vom Leben der anderen ganz zu schweigen, und konnte es dann nicht lebensrettend sein, über bedruckten Seiten Tränen zu vergießen? Man mochte in einem afrikanischen Roman oder einer Erzählung aus Korea auf einen Seelenverwandten treffen, und begriff man so nicht, wie sehr die Leiden der Menschen einander ähnelten, wie wenig Unterschiede es eigentlich gab, wie einfach es war, miteinander zu reden, einander anzulächeln, zu berühren und wahrzunehmen, es spielte keine Rolle, auf welche Weise – um einander im täglichen Leben weniger Schmerz zuzufügen? Doch Juliette hatte Angst vor der Herablassung in Léonidas' Gesichtsausdruck, denn das alles war, ja, es stimmte leider, psychologisches Geschwafel.

Und doch glaubte sie daran.

Also wartete sie an der Straßenecke auf den Abschleppwagen aus Dourdan-la-Forêt, zahlte, ohne mit der Wimper zu zucken, den exorbitanten Betrag, den der Fahrer von ihr verlangte, und sah zu, wie ihr Kleinbus abgeladen wurde – der im Augenblick nicht mehr als Schrott war und in nichts mehr an den kleinen sonnigen Fleck erinnerte, der ihr durch den trügerischen Nebel aus der halb verfallenen Hütte entgegenleuchtet hatte.

Sie rief die nächstgelegene Werkstatt an – sie würde für den Transport keine weitere Unsumme auf den Tisch legen –, ließ sich einen Kostenvoranschlag geben, zog erneut eine Grimasse, ging im Lagerhaus unters Dach, um von dort die letzten Eimer mit gelber Farbe herunterzuholen, kaufte Reinigungsmittel und machte sich an die Arbeit.

Léonidas hatte sich einen Gartenstuhl vor die Glastür zum Büro gestellt und sah ihr dabei zu. Hin und wieder versorgte er sie mit Mandelcroissants und Instantkaffee – sie hatten es aufgegeben, Solimans Maschine zum Laufen zu bringen –, nickte würdevoll Zustimmung und nahm wieder Platz.

Die Kuriere kamen nicht mehr, offenbar hatten Gerüchte ihre Runde gemacht, das ging noch schneller als mit den Büchern, das gedruckte Wort wog schwerer und wandelte sich beständig, vielleicht, überlegte Juliette, während sie die mit Schimmel überzogene Kühlerhaube schrubbte, bestand die Geschichte der Welt, soweit sie ihr bekannt war, aus nichts als Gerüchten. Es gab Leute, die sich die Mühe machten, sie schriftlich festzuhalten, doch die Gerüchte wandelten sich immer weiter bis ans Ende aller Tage.

Jedenfalls waren diese Leute allein.

Mit ihren Fantasiegeschichten.

Und der Bus warf seine alten Schichten ab, wie eine Schlange, die sich häutet. Erstrahlte in neuem Glanz und schien in dem kleinen Hof immer mehr Platz für sich zu beanspruchen.

»Ganz schön groß«, murmelte Léonidas, aber mit einem Unterton von Bewunderung. »Der passt gar nicht mehr durchs Tor. Und was passiert jetzt?«

Juliette stand voller Stolz neben ihrem Kleinbus und hatte Mühe, sich die Gummihandschuhe auszuziehen. Die Karosserie war immer noch gelb, wenn auch in unterschiedlichen Tönen, denn sie hatte immer wieder Farbe nachkaufen müssen, zuerst sollte diese »gelb wie Butterblumen« sein, doch dann musste schon bald das Schlagwort *zeisiggelb* herhalten und später *zitronengelb*. Auf der Kühlerhaube, wo die Karosserie am besten abgedeckt gewesen war, konnte man immer noch Reste der ursprünglichen Farbe sehen. Sie fand es schade, dass Zaïde nicht da war, um Blumen auf die Türen zu malen, wie sie es in dem Zimmer getan hatte, das Soliman ihr einige Wochen zuvor als Bleibe angeboten hatte. Doch Zaïde würde nicht mehr hierher zurückkehren. Jedenfalls nicht sofort. Léonidas würde hier einziehen, seine Rente, erklärte er humorvoll, kam sehr gut ohne die Miete aus. Er wollte das Netz von Kurieren wieder aufbauen, also weitermachen, und außerdem …

»Schiffe brauchen einen festen Hafen«, sagte er an jenem Tag mit Blick auf den frisch gestrichenen Bus. »Und das hier ist ein Schiff. Keine Rennjacht, das sieht man, es läuft vorn nicht spitz zu, sondern ist eigentlich ziemlich behäbig. Fast wie ein Spielzeug. Es erinnert mich an den Beatles-Song, kennen Sie den? *The Yellow Submarine*. Das wäre doch ein schöner Name, natürlich nur, wenn Sie ihn nicht unpassend finden.«

Juliette musste lachen.

»Sie kennen die Beatles?«

»Natürlich. Selbst wenn ich hundert Jahre alt wäre, würde ich die kennen. Sie scheinen in eine andere Zeit zu gehören, Juliette, viel mehr als ich. Und das ist sehr gut so. Ich werde Ihnen jetzt nicht wünschen, so zu bleiben, wie Sie sind, denn Sie wollen genau das Gegenteil. Aber erhalten Sie sich dieses kleine … Ja, ich werde wirklich älter, mir entfallen die Wörter. Ich weiß nicht mehr, was es war.«

»Ich auch nicht«, sagte die junge Frau leise.

Er lächelte sie an – sein Lächeln war etwas traurig, aber voller Güte.

»Vielleicht ist es besser so.«

= 26 =

Sie fuhr an einem verregneten Morgen los, nicht ganz das, was sie sich das vorgestellt oder erträumt hatte: Der gelbe Kleinbus – Y. S., wie sie ihn im Augenblick nannte, das war kürzer – hatte zwischen feuchten Mauern und unter einem traurig grauen Wolkenhimmel, der tief über den Dächern hing, all seinen Glanz verloren. Sie hatte fast eine Woche damit verbracht, die Bücher auszuwählen, mit denen sie die an der Innenverkleidung befestigten Regale befüllen wollte, eins ganz eng am anderen.

»Hin und wieder komme ich zurück, um Nachschub zu holen«, hatte Juliette gesagt.

Dabei hatte sie gelacht und Léonidas ebenfalls. Und er hatte hinzugefügt:

»Die Leute werden Ihnen neue Bücher bringen, sobald Sie irgendwo anhalten. Wahrscheinlich solche, die sie loswerden wollen.«

»Oder, ganz im Gegenteil, ihre Lieblingsbücher … Nun seien Sie doch nicht so pessimistisch! Ist es nicht viel schöner, ein Buch zu verschenken, das man mag?«

Léonidas hatte nachsichtig genickt.

»Ganz sicher. Aber ich glaube, Sie machen sich zu viele Illusionen, Juliette.«

Sie verharrte eine Weile in nachdenklichem, vielleicht auch bedrücktem Schweigen. Dann sagte sie abschließend:

»Sie haben recht. Aber ein bisschen Naivität ist mir lieber.«

Nach langer Diskussion hatte sie beschlossen, bei dieser ersten Reise auf Romanserien zu verzichten, denn Juliette war sich nicht sicher, ob sie ein Dorf ein zweites Mal aufsuchen wollte, um von einem Werk auch Band zwei, drei oder zwölf vorbeizubringen. Sie wollte sich ihre Freiheit erhalten, dieses kostbare Gut, das sie langsam zu schätzen lernte. Proust blieb also einstweilen im Lagerhaus zurück, ebenso Balzac, Zola, Tolkien, die Romane von Charlotte Delbo, die sie trotzdem sehr mochte, *Der Clan der Otori* von Lian Hearn, die komplette Ausgabe der *Tagebücher* von Virginia Woolf, die *Tora-Trilogie* von Herbjørg Wassmo, die *Stadtgeschichten* von Armistead Maupin, die *Avalon-Tetralogie* von Marion Zimmer Bradley, die drei Bände der Romanfolge *1Q84* von Haruki Murakami und Robert Musils *Der Mann ohne Eigenschaften*. Ebenso alle Familiensagas, für die man beide Hände brauchte, um sie zu halten. Damit blieben in sich abgeschlossene Einzelbände übrig, dicke, dünne, mitteldicke; bei manchen hatte der Buchrücken Risse, weil der Band aufgeklappt auf einem Tisch oder Sofa vergessen worden war, bei anderen, sehr wenigen, duftete der Einband noch nach dem Karton der Buchdeckel oder nach neuem Leder; wieder andere trugen einen zusätzlichen Schutzumschlag, wie einst die Schulbücher. Juliette konnte sich noch an die widerspenstigen schwer zu knickenden Plastikhüllen erinnern, auf denen die Hände feuchte Abdrücke hinterließen.

Aber auch bei diesen Büchern galt es eine Auswahl zu treffen. Das war eigentlich genauso schwierig, wie sie zu ordnen.

»Ich frage mich …«

Juliette saß auf einer Kiste voller Taschenbücher, nagte an ihrer Unterlippe – alle Romanheldinnen machten das so – und runzelte die Stirn.

»Im Grunde ist Y. S. keine mobile Bibliothek. Die gibt es schon zuhauf. Also brauche ich auch nicht Bücher für jeden

Geschmack, jedes Alter und alle Interessen dabeizuhaben … oder doch? Was meinen Sie? Léonidas?«

»Nichts.«

»Was soll das heißen – nichts?«

Léonidas blätterte gerade in seiner geliebten Insektenenzyklopädie – er trug sie stets in seinem Handkoffer mit sich herum – und warf Juliette über den Rand seiner halbrunden Brillengläser einen strengen Blick zu.

»Warum soll ich denn zu allem eine Meinung haben? Ich würde natürlich eine ganz andere Auswahl treffen als Sie. Im Augenblick allerdings zählt, was Sie auswählen.«

»Aber ich muss doch auch die Vorlieben der Leser berücksichtigen«, beharrte Juliette.

»Meinen Sie wirklich?«

»Ja.«

»Na, dann fahren Sie wieder Metro und machen Sie sich Notizen. Aber das haben Sie doch bereits getan, oder nicht?«

Juliette nickte. Ja, sie hatte angefangen, eine Art Liste zu erstellen – vor allem von Büchern, die sie mehrmals die Woche in den Händen von unterschiedlichen Lesern sah.

»Aber das sind nicht immer die besten Werke«, wandte sie ein. »Ich habe keine Lust, Verlagswerbung zu betreiben.«

Léonidas zuckte mit den Schultern und fuhr unterdessen liebevoll mit seiner Lupe über eine farbgetreue Abbildung der *Empusa pennata*, deren zwei Antennen wie dünne Holzstöckchen aussahen.

»In der Welt hat alles Platz«, sagte er gelassen. »Sogar in der Welt der Bücher.«

Diese Fahrten mit der Metro hatten einen Hauch von Abschied. Juliette sammelte auf ihnen nicht unbedingt Romantitel, sondern Bilder, die sie mit liebevoller Aufmerksamkeit in sich aufnahm: ein von ihr bislang unbemerktes Wandgemälde, auf dem eine Frau im Ballettröckchen vor einer urbanen Landschaft mit pastellfarbenen Wolken in die Höhe sprang, die Beine angewinkelt, die Augen geschlossen – so als tanze sie am Sternenhimmel, oder als stürze sie oder steige in einer Traumspirale auf. Tauben – Taubenweibchen, beschloss Juliette – trippelten auf dem Glasdach der Metrostation Dupleix. Das flüchtige Bild einer goldenen Kuppel. Die elegante Kurvenführung der Gleise vor der Station Sèvres-Lecourbe (war der Name ein Zufall?, heißt doch *courbe* im Französischen gekrümmt). Ein ovales Gebäude, dann ein anderes, das rund war wie ein Pfannkuchen, ein drittes, mit grauen Kacheln bedeckt, die aussahen wie Fischschuppen, und als der Zug daran vorbeifuhr, spiegelten sich flackernd grüne, blaue, violette Farbtöne. Ein Dachgarten. In der Ferne Sacré-Cœur. Tiefliegende Frachtkähne, die sich durchs Wasser schoben, andere, die am Ufer festgemacht waren und aussahen wie kleine Gärten, mit Bambushecken, die in großen Töpfen wuchsen, Tischchen, Stühlen und Bänken ... Juliette stieg an fast jeder Haltestelle aus, wechselte den Waggon, beobachtete die Gesichter und wartete, ohne dass sie sich das eingestanden hätte, auf ein Zeichen: auf jemanden, der begriff, dass sie eigentlich schon gar nicht mehr ganz anwesend war, dass für sie alles bereits zur Erinnerung wurde, jemand, der ihr zulächelte, der ihr alles Gute wünschte, wie zu Silvester, oder ihr eine rätselhafte Bemerkung zuwarf, über die sie sich noch jahrelang den Kopf zerbrechen konnte – aber nichts dergleichen geschah. Sie ignorierte ein letztes Mal die Rolltreppe und stieg die grauen Stufen hoch, auf denen etwas Quarz glitzerte, dann ging sie durch den Regen davon.

Es regnete noch immer leicht, als sie Kartons mit Büchern schleppte, die sie doch noch mitnehmen wollte oder die sich einfach hinterlistig in ihr Blickfeld geschoben hatten, so genau wusste sie das nicht, und am Ende spielte es auch keine Rolle. Denn eines hatte sie gelernt: Bei Büchern war man vor Überraschungen niemals sicher.

An den Regalen, die ihr der Schreiner um die Ecke in den Bus eingebaut hatte (nicht ohne die eine oder andere spöttische Bemerkung fallen zu lassen), waren in Höhe der Buchrücken Leisten angebracht, damit die Bücher nicht bei der ersten Kurve herauspurzelten. Die vollen Regale gaben dem Inneren des Y.S. etwas Gemütliches und Anheimelndes.

»Das ist noch schöner als Solimans Büro«, merkte Léonidas erstaunt an. »Irgendwie … intimer.«

Das sah Juliette auch so. Hätte sie nicht schon bald hinter dem Steuer gesessen, dann hätte sie sich dort mit einer Decke, einer Tasse Tee und einem der unzähligen Bücher verkrochen, welche die Innenwände des Busses auskleideten wie eine bunte, abstrakte Tapete – rote und kräftig grüne Umschläge zwischen dem Elfenbein, Hellgelb oder Zartblau der Klassiker.

In dem wenigen Raum, der ihr blieb, verstaute sie alles, was sie für die Reise brauchte: eine zusammengerollte Schaumstoffmatratze, einen Schlafsack, ihre Lieblingsdecke, ein Klapptischchen, einen Korb mit Deckel, in dem sich das nötigste Geschirr und einige Kochutensilien befanden, einen kleinen Campingkocher und ein paar haltbare Lebensmittel. Und natürlich eine Lampe, damit sie abends lesen konnte. Die würde sie an einem Haken aufhängen, und sie würde schwankende Schatten auf die Bücherreihen werfen.

Léonidas machte sich Gedanken um sie – eine Frau, ganz alleine unterwegs … Juliette las in seinem sorgenvoll geweiteten Blick bereits die Schlagzeilen, während er sich ausmalte, wie sie im Gebüsch grausam ermordet oder in der Ecke eines Parkplatzes vergewaltigt wurde. Es fehlten nur noch wenige

Minuten bis zur Abfahrt, und er stand vor ihr, mit hängenden Schultern und bedrücktem Gesichtsausdruck. Sie schob ihren Verbandskasten unter den Fahrersitz, wandte sich um und nahm ihn in die Arme.

»Ich passe gut auf. Versprochen.«

»Sie wissen ja nicht einmal, wohin die Reise gehen soll«, klagte er mit einer Stimme, die sie noch gar nicht von ihm kannte.

»Ist das so wichtig? Meinen Sie wirklich?«

Er drückte sie ungeschickt an sich. Wie lange schon hatte er solch zärtliche Gesten verlernt?

»Vielleicht. Ich bin dumm, ich weiß. Aber es würde mich beruhigen.«

Mit einem Mal hellte seine Miene sich auf.

»Warten Sie, nur einen Augenblick, bitte, Juliette.«

Er drehte sich um und rannte fast auf das Büro zu. Juliette trat von einem Bein aufs andere. Beklommenheit schnürte ihr die Kehle zu, doch zugleich hatte sie es mit einem Mal eilig, wollte die Abschiede hinter sich bringen, den Motor anwerfen und über grauen Asphalt wer weiß wohin fahren.

Léonidas kehrte eiligen Schrittes wieder zurück. Der Regenmantel war vorne vor dem Bauch merkwürdig ausgebeult. Als er atemlos neben ihr stand, zog er darunter drei Bücher hervor und reichte sie ihr.

»Das erste ist von Zaïde«, erklärte er. »Es tut mir leid, ich hatte es fast vergessen. Sie wäre mir böse gewesen.«

Eine Ausgabe von Kiplings *Genau-so-Geschichten: oder Wie das Kamel seinen Höcker kriegte*. Juliette durchblätterte den Band gerührt: Solimans Tochter hatte die Illustrationen sorgfältig ausgeschnitten und durch eigene Zeichnungen ersetzt. Ein lila Krokodil zog am Rüssel eines Elefanten mit schreckgeweiteten Augen und viel zu dicken Füßen, ein Wal mit Schlitzaugen sprang aus dem Meer, eine Katze spazierte mit erhobenem Schwanz Richtung Horizont, über den sich, wie es aussah, ein gelber Kleinbus entfernte.

»*Ich bin die Katze, die allein herumspazierte, und ich bin überall zu Hause*«, flüsterte Juliette mit einem Kloß im Hals. »Bin ich das in ihren Augen? Was meinen Sie?«

»Und Sie?«

Ohne ihr Zeit für eine Antwort zu lassen, nahm er ihr den Band mit Geschichten wieder aus der Hand. Juliette stockte der Atem: Das zweite Buch erkannte sie sofort, sie hatte es oft auf dem Schoß der Frau mit den sanften Gesichtszügen bemerkt, Silvia, die beschlossen hatte, zu verschwinden, sich nicht länger ihren Erinnerungen hinzugeben, weder vergangene Gaumenfreuden noch verstecktes Leid im Gedächtnis zu hüten.

Ein abgegriffenes, fleckiges Kochbuch in italienischer Sprache.

»Ich bedauere so sehr«, sagte er sanft, »sie niemals angesprochen zu haben. Wir hätten gemeinsam alt werden, hätten es zusammen noch schön haben können. Mir hat der Mut gefehlt. Ich kann mir das nicht verzeihen. Nein, bitte sagen Sie nichts, Juliette.«

Seine Unterlippe zitterte leicht. Juliette erstarrte. Er hatte recht. Kein Kommentar, keine Bewegung. Ihn einfach ausreden lassen.

»Soliman hat mir ein bisschen von ihr erzählt«, fuhr er fort. »Sie hatte bis auf einen Neffen keine Familie mehr, da unten in Italien. In Lecce. Das liegt südlich von Brindisi … weit im Süden. Einmal hat sie zu Soliman gesagt, dieses Buch sei ihre ganze Hinterlassenschaft. Diese Seiten erzählten ihre ganze Jugend in ihrem Heimatland mit seinen Farben, Liedern und seinem Leid, auf ihnen werde getrauert, gelacht, getanzt und geliebt. Das alles. Und jetzt … Ich traue mich fast nicht, Sie darum zu bitten, aber … ich hätte gern …«

Juliette hatte schon verstanden.

»Dass ich es dem Neffen bringe?«

»Genau. Und das letzte«, fügte er hastig hinzu, » ist ein Handbuch zur französisch-italienischen Konversation. Ich habe es gestern in einer Schublade in Solimans Büro gefunden. Vielleicht wollte er ja nach Lecce fahren, man wird es nie erfahren. Im Zeitungsgeschäft an der Ecke gibt es Landkarten, wenn Sie möchten, gehe ich hin und kaufe welche.«

»Sind Sie sich so sicher, dass ich Ja sagen werde? Und wie soll ich diesen Neffen erkennen? Haben Sie wenigstens seinen Namen?«

»Nein, aber ich weiß, dass er in der Via Reggimento Fanteria Nummer 95 eine Pizzeria betreibt. Das ist zu lang, um es sich zu merken, deshalb habe ich die Adresse aufgeschrieben.«

Sie senkte den Blick auf den verblichenen Umschlag. Das Gemüse, die zwei prächtigen Paprikaschoten, der frisch angeschnittene runde Mozzarella. Und im Hintergrund die Umrisse eines Hügels, eines Olivenhains und eines niedrigen Hauses. Die Landschaft eines Buches konnte einen dazu verführen, in sie einzutauchen, erinnerte sie sich jetzt. Dort zu verweilen und ein neues Leben zu beginnen.

»Ich werde ihn schon erkennen«, verkündete sie unvermittelt.

»Ja, Sie werden ihn schon erkennen«, echote Léonidas. »Da bin ich mir sicher.«

= EPILOG =

Zum allerletzten Mal – wenigstens in diesem Jahr, weiter konnte ich nicht voraussehen – fuhr ich mit der Linie 6. Doch nicht in der Metro. Das Yellow Submarine folgte den Hochgleisen und passte seine Geschwindigkeit einem Zug an, der, in dem Augenblick, als ich an der Ampel anfuhr, den Haltebahnhof Saint-Jacques verlassen hatte. In Bercy würde er wieder unter der Erde verschwinden, während ich mich auf der Avenue du Général Michel Bizot rechts halten würde, um über die Stadtautobahn auf die A6 zu gelangen. Auf ihr wollte ich bis nach Mâcon fahren und ab dort Hauptverkehrsstrecken unter allen Umständen meiden, um über kleine Nebenstraßen nach Lecce zu reisen. Ich hatte keine Ahnung, wie lange das dauern würde, und ich freute mich darüber. Ich hatte meine Wohnung vermietet, als ich bei Soliman eingezogen war, und verfügte somit über etwas Geld, das fürs Tanken und Essen reichte – bei allem anderen würde ich improvisieren. Ich hatte einen Benzinkanister und eine Tasche mit Kleidung dabei, eine Windjacke und Stiefel, das französisch-italienische Konversationshandbuch von Léonidas, Zaïdes Geschenk und viele, viele Bücher.

Und außerdem hatte ich Städtenamen im Kopf, die dort herumtanzten: Alessandria, Florenz, Perugia, Terni, und das amüsierte mich, denn ich musste dabei immer an das einzige Gesellschaftsspiel denken, mit dem meine Eltern sich jemals die Zeit vertrieben hatten: Monopoli. Jeden Tag würde ich aufs Neue würfeln, um Kilometer um Kilometer weiterzurücken, doch ich würde mich nicht damit begnügen, über das Spielbrett zu wandern und immer wieder an den gleichen Häusern vorbeizukommen – ich würde Neuland betreten. In welche Richtung sollte es gehen? Keine Ahnung. Von Lecce aus würde ich vielleicht ans Meer fahren. Dann den Stiefel auf der anderen Seite hinauf, in Richtung auf die norditalienischen Seen, oder Richtung Osten. Oder weiter in den Norden. Die Welt war riesengroß.

Ich musste an einen Abend mit Zaïde zurückdenken, einige Tage bevor wir aus dem Lagerhaus auszogen. Sie hatte eine Salatschüssel aus Glas mit Wasser gefüllt, diese auf den Tisch gestellt, im Zimmer alle Lichter angeschaltet und eine Pipette hervorgeholt.

»Schau her«, hatte sie gesagt.

Sie glich ihrem Vater so sehr, wenn dieser sonderbare Glanz in ihre Augen trat, wie bei einem Zauberer, der Illusion augenblicklich in Staunen auflöst und zum Nachdenken anregt, ob das, was man da vor sich sieht, tatsächlich die Wirklichkeit ist. Sie sah ihm dermaßen ähnlich, dass mir wieder Tränen in den Augen brannten und ich einen Kloß im Hals spürte. Ich riss mich zusammen, so gut ich konnte.

Das Mädchen tauchte seine Pipette ins Wasser und hielt sie dann ins Licht der Glühbirne, die über dem Tisch hing.

In dem Tropfen, der sich langsam vergrößerte, hatte Zaïde den ganzen Raum eingefangen: das Fenster mit seinen vier Scheiben und draußen die Dämmerung, die von einem roten Wandteppich bedeckte Truhe, die Spüle, aus welcher der Griff von einem Kochtopf ragte, das große Foto an der Wand, auf dem ein sturmgebeuteltes Mandelbäumchen zu sehen war, seine Blüten vom Wind davongerissen, winzige Engel oder Leben ohne Zukunft.

»Die Welt im Kleinen … Schade, dass man Wassertropfen mit dem Schönen, das man gesehen hat, nicht erhalten kann.

Oder mit den Menschen, die man getroffen hat. Das würde mir gefallen … Ich würde sie aufbewahren, und zwar in …«

Zaïde hatte sich unterbrochen und den Kopf geschüttelt.

»Nein, die eignen sich nicht zum Aufbewahren. Aber sie sind trotzdem schön.«

Und ich hatte zurückgeflüstert:

»Ja, die Welt ist wunderschön …«, und mir dabei verstohlen über einen Augenwinkel gewischt – blöd, da war es schon wieder feucht geworden.

Die Welt war für mich wie eine russische Puppe: Ich saß in einem Bus, eine Welt für sich, und er rollte wiederum durch eine riesige und zugleich kleine Welt. Direkt hinter mir auf dem Fußboden saßen eine Frau mit sanften müden Gesichtszügen, ein Mann, dessen lange Arme aus den viel zu kurzen Ärmeln seines schwarzen Pullovers herausragten, und meine Mutter, voller Panik – ich würde für immer die sichere Existenz hinter mir lassen, die sie für mich geplant hatte. Mit all den Männern, von denen ich geglaubt hatte, ich würde sie lieben, all den Freunden, mit denen ich korrespondierte, aber sie schwenkten Champagnerflöten und Gläser mit Absinth, falsche, betrunkene Poeten, fade Träumer, Verliebte, Menschen von zweifelhaftem Ruf, wie mein Vater sich ausgedrückt hätte (mein letzter Besuch bei ihm war nicht sehr erfreulich verlaufen, mehr gibt es dazu nicht zu sagen). Meine Familie.

Einige hundert Meter weiter konnte ich der Metro nicht mehr folgen, denn ich musste an einem Zebrasteifen anhalten. Ich betrachtete all die Unbekannten, denen ich auf meinen Metrofahrten bestimmt einmal begegnet war, und den einen oder anderen erkannte ich tatsächlich wieder – an einem Spazierstock, daran, wie jemand den Mantelkragen bis zur Brille hinaufschob, oder an einem Rucksack, der im Rhythmus der Schritte zwischen den Schulterblättern tanzte.

Und dann habe ich sie gesehen. Die Romanleserin mit den hübschen, runden Brüsten, die sich unter einem hochgeschlossenen pastellfarbenen Pullover versteckten. Auf Seite 247 brach sie immer in Tränen aus. Alles schien verloren.

Laut Soliman war das in der Romanhandlung der beste Moment.

Was mich selbst anging, hatte ich den Eindruck, über Seite 247 hinausgekommen zu sein – nicht weit, aber doch ein bisschen. Genug, um mich an dem strahlenden Lächeln der jungen Frau zu erfreuen, die einen Schmöker unter dem Arm trug, mindestens vierhundertfünfzig Seiten, direkt vor meiner Nase.

Kurz bevor sie die Straße überquerte, legte sie das Buch auf einer Bank ab. Ohne es weiter zu beachten. Dann eilte sie los, von einem Gedanken getrieben, nur schnell weiter, bevor er ihr entwischte.

Die Fahrer hinter mir wurden ungeduldig, aber ich fuhr trotzdem nicht sofort weiter. Ich konnte meinen Blick nicht von dem Schmöker abwenden, aus dem steif ein weißes Lesezeichen aus Pappe ragte, die vorne schräg abgeschnitten war.

Ich schaltete meinen Warnblinker ein und parkte den Bus am Gehsteig. Drei, vier Wagen überholten mich unter einem Hupkonzert und Flüchen, die mir durch eilig geöffnete Wagenfenster entgegenflogen. Ich drehte mich nicht einmal um, ich hatte keine Lust auf zornige Blicke und wutverzerrte Münder. Sollten sie doch alle weiterrasen, ich hatte alle Zeit der Welt.

Ich stieg aus meinem Y. S. und ging zu der Bank. Der Romantitel war mir egal, mich interessierte das Lesezeichen. Ich ließ meinen Finger zwischen die glatten Seiten gleiten. Seite 309.

Manuela lehnte ihren Kopf gegen das feine Tuch seiner Abendjacke.

»Ich bin so müde«, flüsterte sie.

Seine starken Arme umfingen sie.

»Komm«, sagte eine Stimme ganz nah an ihrem Ohr, genau die Stimme, die sie jede Nacht in ihren Träumen hörte.

»Komm. «Verwirrt klappte ich das Buch über dem Lesezeichen zu. Die Leserin aus der Linie 6 hatte ihre Lektüre vor dem Romanende aufgegeben – es fehlte fast noch ein Drittel, wie viele Höhepunkte waren da noch zu erwarten, neben Abschieden, Verrat, Rückkehr, Küssen, leidenschaftlichen Umarmungen und vielleicht eine letzte Szene auf der Brücke eines Passagierschiffs mit Reiseziel Amerika, am Bug zwei Gestalten, ein vom Wind verwehtes Lachen oder vielleicht Schweigen, weil das Glück so überwältigend war, oder ein unwiderruflicher Verlust.

Tja, hier stand ich und war dabei, mir ein Romanende auszudenken, und vielleicht lag das Buch genau deswegen auf der Bank, damit ich oder jemand anderes es in die Hand nahm und es mit romantischen Träumereien füllte, die man niemanden eingesteht, mit Geschichten, die man heimlich und etwas beschämt verschlingt. Sie hatte sich nicht geschämt, sie hatte in der Metro oft vor meinen Augen geweint, und in diesem Augenblick lief sie die Straße hinunter – ich würde niemals erfahren, wohin sie wollte – und hatte ihr Buch zurückgelassen.

Ich legte eine Hand auf den Umschlag, er war schon ein wenig feucht vom Regen. Ich hoffte, jemand würde das Buch entdecken, bevor die Seiten durchweicht waren. Ich würde es jedenfalls nicht an mich nehmen. Im Augenblick wollte ich geben, nicht nehmen. Alles zu seiner Zeit.

Dort stand der Bus und erwartete mich. Ich hielt die Schlüssel fest in meiner linken Hand.

Bevor ich zu ihm zurückging, beugte ich mich nach unten, zog das Lesezeichen heraus und schob es unter meinen Pullover auf meine nackte Haut. Die abgeschrägte Kante piekte mich in die Brust, doch mir gefiel dieses Pieken – es war ein ganz leichter Schmerz.

Ich wusste, er würde mir bleiben. Noch für lange Zeit.

Auf ihrer ersten Reise mit dem Y.S. wurde Juliette begleitet von:

Der Tag vor dem Glück von Erri de Luca
Singende Steine von Fernand Pouillon
Die seligen Jahre der Züchtigung von Fleur Jaeggy
Hundert Jahre Einsamkeit von Gabriel García Márquez
Ein schlichtes Herz von Gustave Flaubert
Der Horla und andere Novellen von Guy de Maupassant
Paul, mein großer Bruder von Håkan Lindquist
Wer die Nachtigall stört … von Harper Lee
Das Glasperlenspiel von Hermann Hesse
Der Brief des Lord Chandos von Hugo von Hoffmannstahl
Malina von Ingeborg Bachmann
Das Spinoza-Problem von Irvin D. Yalom
Wenn Eulen schrein von Janet Frame
Die Wahlverwandtschaften von Johann Wolfgang von Goethe
Einhorn, Sphinx und Salamander: Das Buch der imaginären Wesen von Jorge Luis Borges
Tristan und Isolde von Joseph Bédier
Patricia und der Löwe von Joseph Kessel
Foxfire. Bekenntnisse einer Mädchengang von Joyce Carol Oates
Rayuela. Himmel und Hölle von Julio Cortázar
Anna Karenina von Lew Tolstoi
Wir müssen über Kevin reden von Lionel Shriver
Vom Winde verweht von Margaret Mitchell

Himmel, der nirgendwo endet von Marlen Haushofer
Deine Juliet von Mary Ann Shaffer und Annie Barrows
Ich weiß, warum der gefangene Vogel singt von Maya Angelou
Liebe unter kaltem Himmel von Nancy Mitford
Ediths Tagebuch von Patricia Highsmith
Das Parfum von Patrick Süskind
Fliegende Saat von Philippe Jaccottet
Gefährliche Liebschaften von Pierre-Ambroise-François Choderlos de Laclos
Das Licht der Nacht von Pietro Citati
Briefe an einen jungen Dichter von Rainer Maria Rilke
Das Menschengeschlecht von Robert Antelme
Die Verwirrungen des Zöglings Törleß von Robert Musil
Genau-so-Geschichten: oder Wie das Kamel seinen Höcker kriegte von Rudyard Kipling
Kopfkissenbuch von Sei Shōnagon
Verwirrung der Gefühle. Erzählungen von Stefan Zweig
Rot und Schwarz von Stendhal
Der Untergeher von Thomas Bernhard
Der Zauberberg von Thomas Mann
Gnade von Toni Morrison
Aeneis von Vergil
Die Fahrt hinaus von Virginia Woolf

Diese Liste – natürlich ist sie sehr unvollständig, aber es war unmöglich alle Bücher aufzulisten, die sich an Bord des Y.S. befinden – ist so wiedergegeben wie sie zusammengestellt wurde: in keinerlei Ordnung. Das macht den Charme vieler privater Bibliotheken aus. Sie können sie um Ihre Lieblingsbücher und Entdeckungen ergänzen oder um alle Bücher, die Sie Freunden weiterempfehlen würden – oder Ihrem ärgsten Feind, der dann vielleicht aufhört einer zu sein – falls die Magie wirkt.

Das Motto auf Seite 5 wurde zitiert aus: Jorge Luis Borges: *Gesammelte Werke in zwölf Bänden. Band 7: Der Gedichte erster Teil. Borges und ich.* Aus dem Spanischen von Gisbert Haefs, Karl August Horst

Die Übersetzung von Roberto Juarroz auf Seite 68 wurde folgendem Werk entnommen: Roberto Juarroz: *Vertikale Poesie – Poesía Vertical.* Aus dem Spanischen von Tobias Burghardt. Jung und Jung. Salzburg 2005.

═

Die Zitate in Kapitel 7 wurden entnommen aus:
Homer: *Die Odyssee.* Aus dem Griechischen von Kurt Steinmann, München 2011.
Marie NDiaye: *Drei starke Frauen.* Aus dem Französischen von Claudia Kalscheuer, Berlin 2011.